150詩詞曲 + 15修辭技

精華版

呂鈴雪
呂雅雯 著

呂鈴雪（桃園縣桃園市建國國中國文老師）

- 91年度國民中學訓導暨人權法治教育藝文競賽教師組作文第二名
- 94年度國文領域基測命題競賽及試題分析第三名

呂雅雯（桃園縣中壢市自強國中國文老師）

- 榮獲九十二學年度全國Grea Teach創新教學特優
- 榮獲九十三學年度桃園市Grea Teach優良教師

五南圖書出版公司 印行

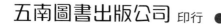

推荐序

聚沙成塔，積土成山

不積跬步，無以至千里；不積小流，無以成江海

全世界的華文熱正如火如荼般沸騰，相較於大陸地區，臺灣使用的是正體字，對於古詩文的學習，占盡文字之便利。我們居於主場優勢，更不能錯失了大好機會，該好好栽培年輕孩子紮實的文學根基，徹底發揚華語文深度的精髓，讓中華文化光彩煥發，也讓中華民國穩居華文界的牛耳地位。

目前，由於國內專家學者的呼籲及升學考試的引導，國人學習國語文變得相當用心。不論教師、家長，都明白語文學習是孩子開啟其他學科領域的唯一鑰匙，所以全力耕耘語文教育，希望栽培孩子的基礎能力，讓孩子能深入知識殿堂。但是，中華文學浩似煙海，優秀作品多如牛毛，常讓一般人不知從何尋得入門途徑而相當困惑。

有鑑於此，五南圖書出版公司出版了「精華版」的作文書系，藉由每日一句的少量多餐學習法則，逐步充實孩子的文化知識。每日一句的學習，可減低孩子的課業壓力，卻又對青少年語文程度的提升，有潛移默化功效。根據許多教師在教學現場的經驗，證明天天少量學習，會比大量灌輸，卻一曝十寒的學習方式，有效得多。因此，青少年不妨利用每日的十分鐘，閱讀一則，假以時日，必能顯現成效。

養於文學天地，當著手為文，才能從容有餘，成就精采文章。詩聖杜甫說：「讀書破萬卷，下筆如有神。」正是這個道理。

此作文書系內容包含：成語、古詩、古文，取材相當廣博，能夠由淺而深，循序漸進地引導青少年走入文學殿堂。書中還藉由閱讀的詩文，導入寫作領域的策略，讓青少年讀者能夠借鏡詩文創作的材料，寫出自己的獨創作品，這是相當有建設性的學習方式。

作文書系看似簡約，其實讀來並不容易。切莫貪多務得，想要一步登天，而應該持之以恆地閱讀，堅持每日一篇，以時間換取融會貫通的理解。並且配合引導，動手寫作，將學習所得消化後，化為自己的作品。

讀書學習的過程是艱辛的，但是，艱辛的學習，必然帶來歡笑的收割。讀書學習的過程是緩慢的，但是，緩慢的學習，必然帶來踏實有成的果實。想要擁有一枝彩筆，不是等待神仙賜予，而該以自己的努力換取。荀子說：「不積跬步，無以至千里；不積小流，無以成江海。」是的，只要能每日撥出十分鐘，專注閱讀，又能認真寫作，相信累積時日，語文功力必然令人刮目相看，出口成章，寫作非凡成績。

國立台北教育大學語文與創作學系教授

孫劍秋

一〇〇年四月二十八日

編輯的話

每日一句輕鬆學，豐富寫作的詞藻！

宋朝大文豪歐陽脩曾對文士說：「文貴三多。」即看讀多、持論多、著述多，也就是多讀後，才能多背；多背後，才能多寫；多寫後，才能更明白如何去讀。然而，大多數的學子寫作文時，寫來寫去所運用的語詞都差不多，遣詞用字的貧乏度，令師長感到憂心忡忡。

雖然告訴他們，可以多讀多背成語、詩詞曲、文言文經典名句，但是，面對上千條的成語辭典、厚厚一本的唐詩宋詞元曲、之乎者也很難懂的《古文觀止》，拿起書來，比背負著大山過海還吃力，更遑論咀嚼其中精華，運用在寫作上了。

怎麼辦？有沒有其他簡單易懂的作文學習書，助學子一臂之力呢？有！為了減輕學子的負擔，能利用零碎時間，有效、輕鬆的培養作文能力，我們將廣受好評的「作文撇步」書系，進一步精心編製，汲取其精華，選錄出耳熟能詳的成語、膾炙人口的詩詞曲、流芳萬世的經典文言文，推出：220成語＋15修辭技巧〈精華版〉、150詩詞曲＋15修辭技巧〈精華版〉、100文言文經典名句＋15修辭技巧〈精華版〉。

編製這套書，是期望學子能善用「精華版」的優點，以每天學一句成語或詩詞曲或文言文，在沒有壓力下，效法歐陽脩的「三上」：枕上、廁上、馬上，把握等公車、搭捷運、睡覺前……的零碎時間學習，在不知不覺中，豐富寫作的詞藻，增強作文能力。

作文想亮眼，唯有多讀、多背、多寫。耳熟能詳的成語、膾炙人口的詩詞曲、流傳萬世的文言文，都是寫作時增加詞藻的好素材，若能適當的運用，文章自然吸睛！文采自然優美！

目錄

詩詞曲+作文題目目次

原文

大風起兮[1]雲飛揚[2]，
威加海內兮歸故鄉，
安[3]得猛士[4]兮守四方？

（大風歌／西漢．劉邦）

解釋

1. 兮：文言文助詞。用在句尾或句中，常表示感嘆語氣，相當於白話文的「啊」。
2. 飛揚：飛騰飄揚狀。
3. 安：表示疑問，相當於「哪裡」、「怎麼」。
4. 猛士：有膽量的人，此指勇敢的士兵。

賞析

這首詩是漢高祖劉邦，於晚年返回故鄉時，在酒宴上即

譯文

大風陣陣颳起，吹散了所有的霧靄，四海之內的子民都臣服於天威的浩瀚，各地也都平定了，我總算能安心的回到故鄉。今後我去哪裡尋覓威猛的將士，永遠的捍衛大漢江山呢？

興所作。整首詩透露了平民出身的劉邦，得到天下後，那股意氣風發的豪情。「大風起兮雲飛揚」中的「大風」，指的即是劉邦；「雲飛揚」暗喻秦的暴政和邊疆蠻夷。表示他有平定天下的能力。「威加海內兮歸故鄉」，透露劉邦對自己治天下的政績感到滿意。末句的「安得猛士兮守四方」，道出了劉邦的憂心和願望——憂慮邊疆蠻夷再起，所以希望覓得驍勇的將士，固守大漢江山。

範文

我愛○○

起頭技巧：開門見山法

我愛風！

開始喜歡風是在小時候，那時住在鄉下祖母家，盛夏裡沒有冷氣，白天整間房子像是熱呼呼的蒸籠，教人快被汗水淹沒了。但是，一到傍晚，洗了澡，吹著風，人就輕鬆了起來。後來讀到《論語》中的「浴乎沂，風乎舞雩」，覺得就是那樣的快樂吧！

吹風的快樂，還有在騎腳踏車的時候。腳下輕快的踩著輪子，迎面徐徐吹來的微風拂在臉上，感覺自己像是翩翩仙子，可以乘風飛去。

作文撇步

題目是「我愛○○」，○○表示沒有限定的事物，可以是有生命的，也可以是無生命的，全憑作者決定。這篇文章是以大自然中的風為主角，寫出對風的喜愛。文中的「白天整間房子像是熱呼呼的蒸籠」、「感覺自己像是翩翩仙子」，是「譬喻」句。「教人快被汗水淹沒了」，是「誇飾」寫法。援引《論語》的「浴乎沂，風乎舞雩」，來襯微風令人舒爽，而「大風起兮雲飛揚」的那一刻，我則張開雙臂，化身為英雄豪傑，所有的難關都在風的豪情壯志中化為烏有；所有的險阻都在風的灑脫胸襟中化為無形。

風當然也有令人不舒服的：冬天的寒風會刺骨，夏天的颱風則會造成災害。但是，刺骨的寒風，更讓人感受家的溫暖，有人作伴的溫馨。至於颱風，它呼嘯而過的威力，讓我敬畏，知道自己不過是自然界裡渺小的一份子，在廣闊天地間應當謙卑。

你，是否和我一樣喜愛風呢？

託自己沉浸於風中的享受，是「引用修辭」法中的「明引」，即清楚的交代出版。「我則張開雙臂」，是應用「象徵修辭」法，表達自己勇於面對困厄的勇氣。「所有的難關和險阻，都在風的豪情壯志中，化為烏有」，屬「轉化修辭」法中的「擬虛為實」。

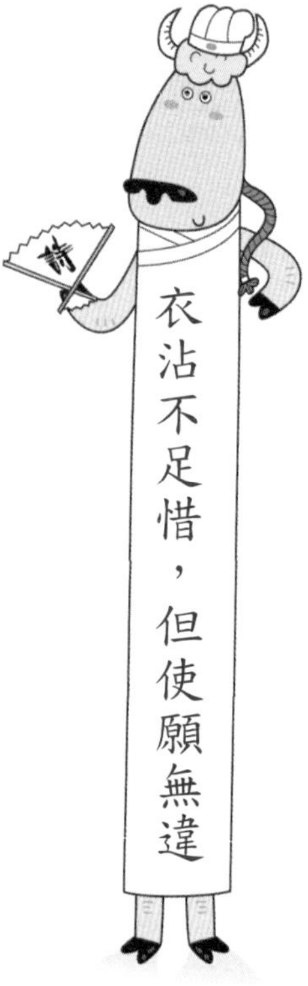

原文

種豆南山下，草盛豆苗稀。
晨興[1]理荒穢，帶月荷[2]鋤歸。
道狹[3]草木長，夕露沾我衣。
衣沾不足惜，但[4]使願無違。

（歸園田居／東晉・陶淵明）

解釋

1. 晨興：早起。興，音ㄒㄧㄥ，起來。
2. 荷：音ㄏㄜˋ，用肩扛起。
3. 狹：音ㄒㄧㄚˊ，不寬闊、窄的意思。
4. 但：只。

賞析

從「草盛豆苗稀」一句，可知收成欠佳，但是詩人不以為苦，依然「晨興理荒穢，帶月荷鋤歸」，流露詩人安於貧

譯文

我在終南山下種豆，田地雜草叢生，卻沒長幾株豆苗。大清早，我就得在田裡鬆土、除草，一直到月亮高掛夜空，才扛著鋤頭回家。沿途，道路狹窄，草木長得有如人般高，傍晚時分，天氣漸涼，雜草上的露水沾溼了我的粗布上衣。衣服弄溼了也不覺得可惜，我只希望心願可以實現。

窮的個性。末句的「衣沾不足惜，但使願無違」，直抒心中的想法，雖淺白卻可見其志。該句常用來表達：即使現實生活並不一定如想像中的美好，但是也不要輕易放棄自己最初的夢想。

範文

人生有夢，築夢踏實

起頭技巧：引述名言法

「人生有夢，築夢踏實」，但是，唯有親自踏上築夢之路的人，才會明白尋夢的過程充滿了荊棘和雷雨。

長久以來，我一直夢想當風紀股長，想像自己正義凜然的管理秩序；想像自己讓班上週週榮獲秩序獎牌；想像自己為同學打造了優越的讀書環境，獲得一致的讚揚。

為了完成夢想，我自告奮勇的擔任風紀股長。風紀股長這個職務可不能僅靠「獅吼功」和「眼光刀」，亦要具備包青天的公正、武松打虎

作文撇步

「尋夢的過程充滿了荊棘和雷雨」、「夢想，一定會在前方為我喝采！為我閃耀」，以上兩句屬「轉化修辭」法。

「想像自己正義凜然的管理秩序；想像自己讓班上週週榮獲秩序獎牌；想像自己為同學打造了優越的讀書環境，獲得一致的讚揚」，「想像自己」一詞隔句連續使用，是應用「類疊修辭」法中的「類字」，凡屬「類字」一定是「排比」。

的勇氣，以及擁有陶淵明「衣沾不足惜，但使願無違」的豁達。

那天，我自信滿滿的站在講臺上執行任務，卻發現同學含恨的眼光如同雙面刃，割得我遍體鱗傷；老師殷殷的希冀如同巨石，壓得我喘不過氣。原來，築夢的過程是那麼的痛苦，那麼的沉重。

放棄嗎？不！聖嚴法師說：「做世間事，沒有一樣沒困難，只要抱著信心和耐心去做，至少可以做出一些成績。」沮喪後，我又重拾信心的站在講臺上，我相信只要堅持不放棄，夢想，一定會在前方為我喝采！為我閃耀！

「獅吼功」和「眼光刀」有誇大意味，強調吼聲大，眼神兇狠。「同學含恨的眼光如同雙面刃」、「老師殷殷的希冀如同巨石」，這兩句屬「譬喻修辭」法，把含恨的眼光比喻成可怕的雙面刃、把師長的期盼比喻成龐大的石頭，壓得自己喘不過氣。

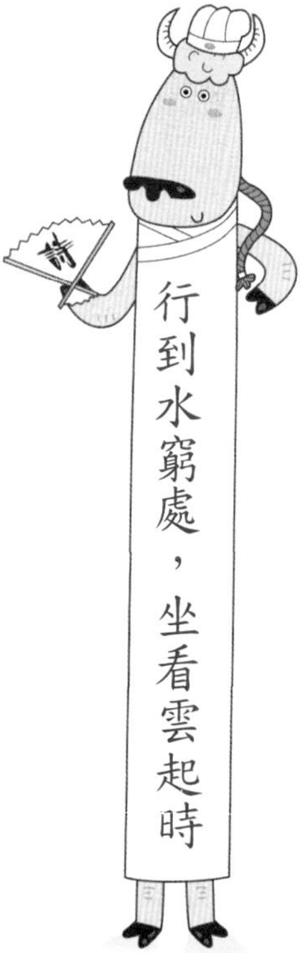

原文

中歲頗好道，晚家南山陲[1]。
興來每獨往，勝事[2]空自知。
行到水窮[3]處，坐看雲起時。
偶然值林叟[4]，談笑無還期。

（終南別業／唐朝・王維）

解釋

1. 山陲：山邊。陲，音ㄔㄨㄟˊ，邊界。
2. 勝事：指美好的景色。
3. 窮：盡頭。
4. 林叟：林中的老翁。叟，音ㄙㄡˇ，年紀大的男子。

賞析

全詩呈現隱居山林，投身大自然的情趣，以及恬靜自得的快樂。首句即寫出自己隱居的地點，在好山好水中，得以

譯文

中年時我開始喜愛鑽研佛理，晚年就居住在終南山邊。興致來時，我常一個人去各地尋幽訪勝，可惜終南山的美景只有我知道。走到流水的盡頭時，我隨意的坐下來，仰望白雲緩緩的自山谷裡飄了出來。偶然遇到山林中的老人，彼此常說說笑笑，以致常忘了回家的時間。

能「行到水窮處，坐看雲起時」。其中的「坐看雲起時」，寄寓了詩人擺脫官累，能隨心所欲。末句的「偶然值林叟」，也反映出詩人毋須應酬，可以無拘無束的和百姓交談，甚至「談笑無還期」。

範文

學習坦然面對失敗

起頭技巧：往事回憶法

曾經，我是一個不容許任何失敗的人。我是如此欽佩拿破崙的名言：「我的字典中沒有『難』這個字」的豪氣，同樣的，我也期許自己成為「字典中沒有『失敗』這兩個字」的人。

成績出色的我，是老師眼中的資優生，是父母眼中的好孩子，在各方面我都和「成功」畫上了等號，也認定自己和「失敗」永遠也不可能有交集。

「成功勢必衍生出更多的成功」，我天真的認為那是鐵的定律，於是我勇往直前，期待能成

作文撇步

首段從自己過去不容許失敗的心情寫起——「曾經，我是一個不容許任何失敗的人」，這句話和「在各方面我都和『成功』畫上了等號」，都是為了突顯後來嘗到失敗苦果，所安排的伏筆。援引法國皇帝拿破崙的名言：「我的字典中沒有『難』這個字」，屬「引用修辭」法中的「明引」，即清楚寫出引自何處。

「成功勢必衍生出更多的成

就更完美的自己。可惜，人生不如意事總是十之八九，這學期班上來了一個轉學生，幾乎十項全能的她，把我逼下了冠軍寶座。害怕失敗的人越是不能面對失敗，自己像是一個陷在黑夜深淵的人，看不到一絲光源。

一次偶然的機會，我讀到「行到水窮處，坐看雲起時」，才豁然開朗。走到水的盡頭，正是仰頭看天的最佳時刻。人生就像是一個圓，每個終點，其實都是下一個起點。所以，失敗亦是造就下一次成功的跳板。

我決定用坦然的心情面對失敗，讓失敗變成另一個成功的起點，藉以成就生命中的圓。

功」對比「人生不如意事總是十之八九」，是「映襯修辭」法中的「對襯」，也就是把相反的事物並列比較，突顯彼此的差異。「陷在黑夜深淵」，是「轉化修辭」法，指困境。「人生就像是一個圓」，把人生比喻成圓，意喻隨時都可以從起點開始努力，是「譬喻修辭」法中的「明喻」，只要句中有出現「如、若、像、好比、猶如、彷彿……」，都屬「明喻」。

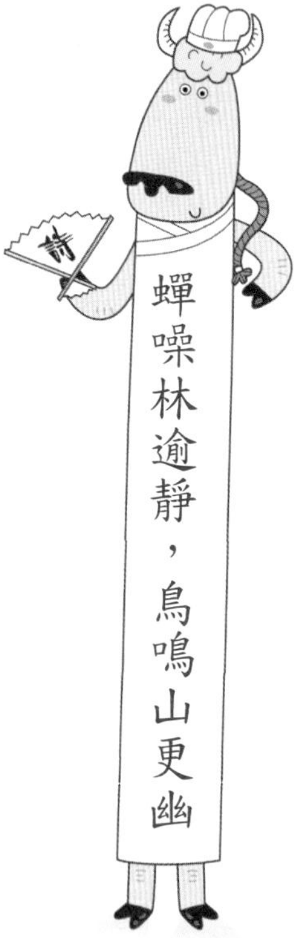

原文

艅艎[1]何泛泛[2]，空水共悠悠[3]。
陰霞生遠岫[4]，陽景[5]逐回流。
蟬噪林逾靜，鳥鳴山更幽。
此地動歸念，長年悲倦遊。

（入若耶溪／唐朝・王籍）

解釋

1. 艅艎：音ㄩˊ ㄏㄨㄤˊ。裝飾華麗的船。後也泛指大船。
2. 泛泛：船漂浮的樣子。
3. 悠悠：連綿不絕的樣子。
4. 遠岫：遠處的山巒。岫，音ㄒㄧㄡˋ，泛指山。
5. 陽景：陽光。

賞析

「若耶溪」在浙江省紹興縣，景色宜人，本篇是王籍遊若耶溪時所作。詩中的「泛

譯文

坐在船裡隨著河水漂浮，伴隨著悠遠無盡的天空與流水。雲霞從遠處的山巒裡緩緩升起，陽光追逐著回旋的流水。聒噪的蟬聲襯托出林中的寂靜，小鳥的啼叫更加深了山林的清幽。這個地方讓我動了歸隱的念頭，對於多年來的官場生活感到非常厭倦哀傷。

泛」和「幽幽」，是以「疊字」來加強河水飄蕩和天空渺遠的意象。「陰霞生遠岫，陽景逐回流」一句，構成遠景，接著，畫面又轉到近景，以「聽覺摹寫」修辭法和「映襯修辭」法中的「反襯」，藉由蟬聲和鳥啼來突顯山林的寂靜。末句的「此地動歸念，長年悲倦遊」，寫出了詩人的感觸。

範文

學校的午休時間

起頭技巧：驚嘆共鳴法

好安靜啊！除了風扇轉動時發出的嗡嗡聲外，只有偶爾傳來輕微的打鼾聲，教室裡充滿了寂靜的分子，連一根針掉在地上，都可以聽得出來。

我閉上雙眼，拋開所有的思慮，沉沉的進入夢鄉……窗外涼風徐徐吹來，間或夾雜著悅耳的鳥鳴，夢中的景致是一片翠綠的山林，我徜徉其中，擁抱著這滿山的綠意和靜謐，恣意享受「蟬噪林逾靜，鳥鳴山更幽」的寧靜悠然。

小睡片刻，隨著鐘聲響起，張開眼睛，伸展

作文撇步

首句以「好安靜啊」來表達內心的情感，呈現學校午休時間的安靜無聲。「嗡嗡聲」和「打鼾聲」，是以「聽覺摹寫」來描述，「嗡嗡」是狀聲詞的一種，寫作時擅用狀聲詞，可呈現活潑感和動感。

「教室裡充滿了寂靜的分子」、「『壓力小子』」在我胸口猛踹、猛戳，以上兩句都屬「轉化修辭」法。「連一根針掉在地上，都可以聽得出筋骨，精神飽滿的迎接下午的課程，這就是美好的午休時間。美中不足的是，並非每天的午休時間都可以如此享受。有時陽光太熱情，黏著我不放，熱得我汗如雨下；有時冷風又化成小惡魔，硬是鑽進我的衣服，凍得我四肢僵硬，難以成眠。

即使老天爺大發慈悲，將氣溫調到最舒適，偏偏下午要考試，「壓力小子」在我胸口猛踹、猛戳，害得我根本睡不著。最令人惱火的是，只要老師、糾察人員離開教室，有些同學便打開話匣子，講個不停，像在耳邊騷擾人的蚊子。

學校的午休時間對我而言，不僅可以讓運轉不停的腦袋喘口氣，也能消解疲勞，恢復體力，是大大的享受呢！

來」，以「誇飾修辭」的技巧來強調環境的安靜。「有時陽光太熱情，黏著我不放，熱得我汗如雨下；有時冷風又化成小惡魔，硬是鑽進我的衣服，凍得我四肢僵硬」，這段話同時應用了「排比」和「轉化」修辭法。

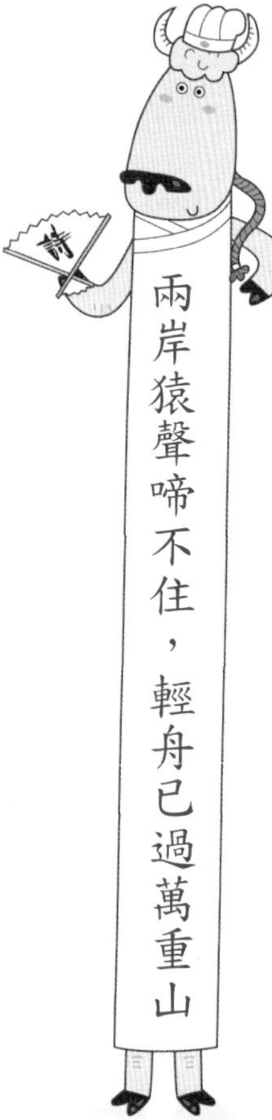

原文

朝辭[1]白帝[2]彩雲間，
千里[3]江陵[4]一日還[5]。
兩岸猿聲啼不住，
輕舟已過萬重山[6]。

（早發白帝城／唐朝‧李白）

解釋

1. 朝辭：在早晨告別。朝，音ㄓㄠ，清晨。辭：告別。
2. 白帝：古城名，故址在今四川省奉節縣東邊的瞿塘峽口。
3. 千里：形容路途遙遠。
4. 江陵：縣名，位於湖北省潛江縣西邊，長江的北岸。
5. 還：音ㄏㄨㄢˊ，返回。
6. 萬重山：連綿不斷的青山。重，音ㄔㄨㄥˊ，相當於「層」。

譯文

清晨辭別了彷彿置身在彩雲間的白帝城，只花一天的時間，我便趕到千里之外的江陵。旅途中，我不斷的聽見兩岸猿猴的叫聲，轉眼間所坐的輕快小船，已經渡過了一座又一座的青山。

賞析

這首詩中的「朝辭」、「千里」、「一日還」，都是用來強調行船的快速。「兩岸猿聲啼不住，輕舟已過萬重山」，藉由猿聲不斷，沿路欣賞景色，而忘卻了旅途的遙遠。整首詩給人輕鬆暢快的感覺。

範文

我對「沉著」的看法

起頭技巧：開門見山法

「沉著」是面臨困境時能夠化險為夷的法寶，唯有沉著以對，才能破艱難，衝險阻。

〈空城計〉故事中孔明之所以能大獲全勝，我認為與其說他聰敏過人，不如說他謀略精準，而說他謀略精準，不如說他沉著建功。因為有泰山崩於前而色不變的沉著，所以他能讓多疑的司馬懿反倒心生疑懼，迅速退兵。

當我們遇到問題時，不也需要這樣的沉著嗎？

遇到急事，人難免心慌意亂，意亂心慌中的

作文撇步

本文以「開門見山法」起頭，說明沉著的重要。「我認為與其說他聰敏過人，不如說他謀略精準，而說他謀略精準，不如說他沉著建功。」以「層遞修辭」法凸顯「沉著」的重要。「緩辦不是拖延，而是沉著的思考，沉著的思考，才能釐清事件的禍源，才能設想解決的方案」，該句運用了「頂真」及「排比」的技巧。「如此，才能不受外界的紛擾錯誤決策，卻往往讓事件更加惡化，因此，急事要緩辦。緩辦不是拖延，而是沉著的思考，沉著的思考，才能釐清事件的禍源，才能設想解決的方案。

鹿橋在《未央歌》序中，將「兩岸猿聲啼不住，輕舟已過萬重山」比喻為人們對一件事物爭吵不休時，那事物本身早已悄悄的往前消逝，不見蹤影。當我們還在為小挫折而沮喪時，四周的人事物不也像輕舟般，咻一聲的過了萬重山嗎？

所以，平靜沉著的看待生命的一切吧！如此，才能不受外界的紛擾而影響自己的判斷；如此，才能在沉靜中體驗出生命最美好的況味。

而影響自己的判斷；如此，才能在沉靜中體驗出生命最美好的況味」，這段話中「如此，才能……」隔句反覆出現，這種修辭法屬「類疊修辭」中的「類字」，凡「類字」必屬「排比」。

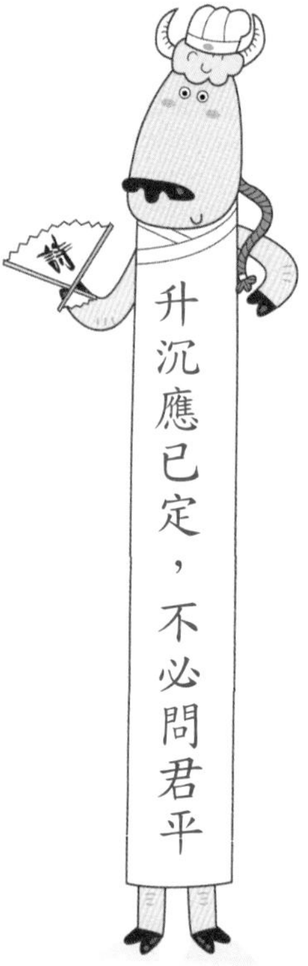

原文

見說[1]蠶叢[2]路，崎嶇不易行。
山從人面起，雲傍馬頭生。
芳樹籠秦棧，春流繞蜀城。
升沉[3]應已定，不必問君平[4]。

（送友人入蜀／唐朝・李白）

解釋

1. 見說：聽說。
2. 蠶叢：傳說中古代蜀王之名，此處代指蜀地。
3. 升沉：指功名得失。
4. 君平：西漢的隱士，不願出來作官，曾在成都一帶替人卜卦討生活。

賞析

李白以蜀道難行卻擁有令人賞心悅目的美景，暗示追求功名之路也是既美好又崎嶇

譯文

聽說到蜀地的路，非常崎嶇不易行走。遊人緊靠著峭壁，斗直的山崖就像從人的側臉聳立而起，白雲依傍著馬頭飄浮。盛開著香花的樹籠蓋著從秦入蜀的棧道，春天融雪所形成的江河環繞著蜀城奔騰。仕途的得或失其實是命中注定，根本不須去問算命占卜的相士。

的。「升沉應已定，不必問君平」，意指官場生涯的得意或失意早有定局，何必找人卜卦。強調人應該踏實努力，不必一味求助未知的鬼神。

範文

認識自己

起頭技巧：引述名言法

西方有句名言說：「人生最困難的事情，就是認識自己。」對於深受迷信的奶奶「薰陶」的我而言，的確深有同感。

從小，舉凡我頭痛、生病，除了得吃醫生開的西藥外，還得喝下一堆奶奶從廟裡求來的符水。因為她深信我能長得頭好又壯壯，全得歸功於神佛的保佑。

因為奶奶的「循循善誘」，加上我「中學為體，西學為用」的信念，從鬼神之說、紫微斗數以至於西洋占星學等等，均深信不疑。我堅信凡

作文撇步

首段援引西方名句——「人生最困難的事情，就是認識自己」，屬「引用修辭」法中的「明引」。「三番兩次」為「鑲嵌修辭」法，「三、兩」均為虛數，並非指稱實際的數量。「卻似乎無法戰勝『基測惡魔』」，是運用「譬喻修辭」法，把基測帶來的壓力比擬成惡魔，鮮活的呈現作者對基測的恐懼心態。「漂亮的分數對我展開燦爛的微

事只有求神問天，才是最好的解決之道。

不過縱然神明法力高強，卻似乎無法戰勝「基測惡魔」，惡魔三番兩次的在現實裡、夢境中壓迫著我，而各種不同算命方式所得到南轅北轍的答案，更加讓我心慌。就在我最慌亂的時候，閱讀測驗中的那句「升沉應已定，不必問君平」，好似當頭棒喝般敲醒了我，讓我重新認識自己，與其把時間耗費在占卜算命，不如踏踏實實的念書，加強比較沒把握的科目。

基測成績寄發那天，漂亮的分數對我展開燦爛的微笑，彷彿在恭賀我，恭賀我認識自己的優點，了解自己的缺點，不再從求神問卜中推算自己的命運。

笑」，把分數擬人物，屬「轉化修辭」法中的「擬物為人」。「認識自己的優點，了解自己的缺點」，這句話裡「自己的」隔開接連使用，是應用「類疊修辭」法中的「類字」，凡「類字」一定都是「排比」。

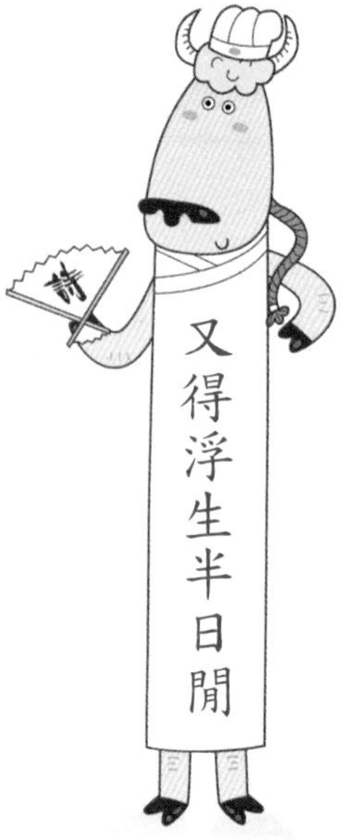

原文

終日昏昏[1]醉夢間，
忽聞春盡[2]強[3]登山。
因過竹院逢僧話，
又得浮生[4]半日閒。

（登山／唐朝・李涉）

解釋

1. 昏昏：迷迷糊糊，不清醒的樣子。
2. 春盡：春天即將結束。盡：盡頭。
3. 強：音ㄑㄧㄤˇ，勉強。
4. 浮生：人生。因人生在世，虛浮不定，故稱人生為浮生。

賞析

詩人以「昏昏」、「強登山」作對比，流露出自己對春

譯文

整天頭都昏昏沉沉的，像喝醉了酒，又像在睡夢中，突然聽說春天即將進入尾聲，於是我強打起精神去登山。路過竹院時，遇見寺僧，於是和他聊了起來，在閒聊的過程中，暫時忘記了紅塵俗世的煩惱，享得半天的清閒時光。

光的嚮往。雖僅是「因過竹院逢僧話」，即覺得享有半日閑，由此可知，詩人平日的勞累，和恬淡無索求的個性。

範文

我對「時間」的看法

起頭技巧：想像奔馳法

時間，是一個最偏心的執法者，對於自己所喜歡的人，時間總讓他們每增生一絲華髮，便能添一分圓融智慧；而對於其所厭惡者，時間卻常讓他們即使是汲汲營營，也未必能如償心願。

許多人為了與時間爭一口氣，於是將自己排進一張密密的行事曆中，他們自覺妥善的利用了一分一秒，然而卻常因過度的操勞，殘害了身體健康，年紀輕輕便百病纏身，甚至撒手人寰，到頭來仍然沒能多占一分時間的便宜。而另一些人則認為再怎麼爭也無法贏過時間，索性昏昏度日，

作文撇步

起頭寫道：「時間，是一個偏心的執法者」，是將抽象的時間具體化，比喻成執行法律的人，屬「譬喻修辭」法中的「暗喻」，也叫「隱喻」，當文句中的喻體出現「是、就是、為、變成、叫做……」，即屬「暗喻」。文中以「映襯修辭」法寫出時間對喜歡和厭惡的人，所給予的不同待遇。「撒手人寰」一詞為「婉曲修辭」法，以放開人間的一切代

到頭來一事無成，白白浪費了一生。

愛因斯坦說：「成功＝X＋Y＋Z。X是工作，Y是遊戲，Z是閉嘴」，「又得浮生半日閒」之所以美好，便在於它是辛苦工作後的一種獎賞。而成功者也正因為擁有適時閉嘴、反窺本心的靈明心思，以及工作、休閒時間調適得宜的智慧，所以每一分鐘對他們而言，都像是老天爺的獎賞。獎賞的美好，讓他們更可以體會生命的甘美，良性循環之下，自然會讓智慧伴隨年齡逐漸滋長。

其實，只要我們能了解時間的用心，好好的規劃它，時間，一點也不偏心。

替死亡說詞。文中援引愛因斯坦的名句，屬「引用修辭」法中的「明引」。文末的「時間，一點也不偏心」，是以「反證」來推翻起頭的「時間，是一個最偏心的執法者」，使結尾更具力道。

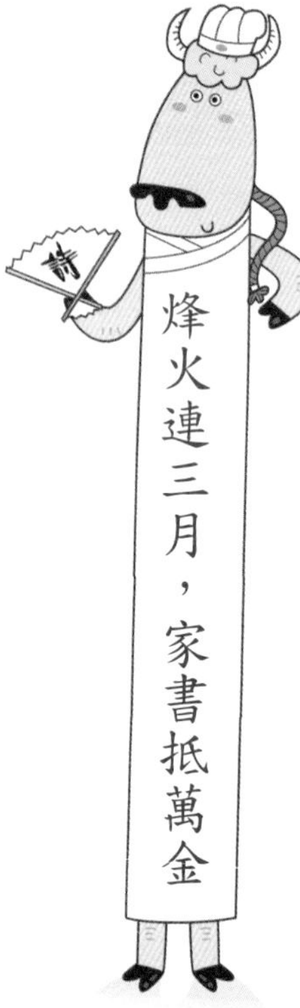

原文

國破[1]山河在，城春草木深[2]。
感時花濺淚，恨別鳥驚心。
烽火[3]連三月，家書抵萬金。
白頭搔更短，渾[4]欲不勝簪[5]。

（春望／唐朝・杜甫）

解釋

1. 國：指當時的首都長安。
2. 草木深：草木茂密生長的樣子。這裡指雜草叢生。
3. 烽火：指戰爭。
4. 渾：音ㄏㄨㄣˊ，整個的。
5. 簪：音ㄗㄢ，簪子，用來固定髮髻使不散亂的條形物。

賞析

這首詩是杜甫面對被安史叛軍焚掠的長安城，發出憂傷世局的感慨。「國破山河在」

譯文

京城雖淪陷了，但是山河依然如昔，春天來臨，只見雜草叢生，荒城一片空寂。我因戰事感傷，即使看到春花盛開，也不禁傷心落淚，怨恨別離的無奈，聽見鳥兒鳴叫，只覺得心悸魂驚。戰火已經接連三個月不曾停熄，家人的書信珍貴如萬兩黃金，滿懷愁緒的我頻頻的搔頭，稀疏的白髮簡直快插不住髮簪了。

和「城春草木深」二句，前者暗指被焚燒一空，後者暗指人民紛紛逃難，僅剩空城。「感時花濺淚，恨別鳥驚心」，是以本可賞心悅目的花開和鳥鳴，如今卻觸景傷情，來表達心中的沉痛。末句的「渾欲不勝簪」，充分顯現詩人憂國憂民的情懷。

範文

印象最深刻的一場颱風

起頭技巧：魔法變身法

因為泥土想和雨水一起玩溜滑梯，因為狂風和滾石也想跟著嬉戲，所以那天的深夜，土石流、暴雨、狂風、滾石手牽手，大聲的呼喊，高聲的尖叫，玩起「颱風」這樣令人心驚膽戰的遊戲。在這一場遊戲裡，我的阿嬤卻受到波及……

記憶裡，那天滾滾的土石淹沒了房舍、道路，堅持獨居在祖厝的阿嬤，也因為這樣，與我們失去了聯繫。新聞不斷報導，又挖出多少屍體，我們除了焦急等待，其餘完全無能為力。

接連的豪大雨，讓搶救工作更加艱困，對被

作文撇步

首段把颱風天會出現的強風、豪雨、土石流等描述成是在玩遊戲，文中寫道：「土石流、暴雨、狂風、滾石手牽手，大聲的呼喊，高聲的尖叫，玩起『颱風』這樣令人心驚膽戰的遊戲」，這種寫法是轉變了強風、豪雨、土石流原本的性質，化成另一種截然不同的事物，加以敘述的修辭法，為「轉化修辭」法中的「擬物為人」。「滾滾的土石阿嬤帶大的我而言，等待的日子每一天都比一年還漫長。祈禱又祈禱，期盼再期盼，只希望老天爺大發慈悲，不要讓我對阿嬤的孝心，從此無處可去。

風雨後的第五天，終於傳來阿嬤平安的消息，消息傳來的那一刻，我深深體會到杜甫寫「烽火連三月，家書抵萬金」的心情。確定所思念的人一切平安的消息，真的比千兩黃金更加貴重，更加值得珍惜。

我要對阿嬤訴說等待的心情，希望阿嬤能感受我的掛念，好好考慮和我們同住的建議，不要再讓我們焦心了。

淹沒了房舍、道路」，「滾」字接連使用，屬「類疊修辭」法中的「疊字」；同時，也以「示現修辭」法來描述可怕的土石流無情的淹沒了房舍和道路。「每一天都比一年還漫長」，屬「誇飾修辭」法，強調等待救援時內心的煎熬。「不要讓我對阿嬤的孝心，從此無處可去」，屬「轉化修辭」法中的「擬虛為實」。

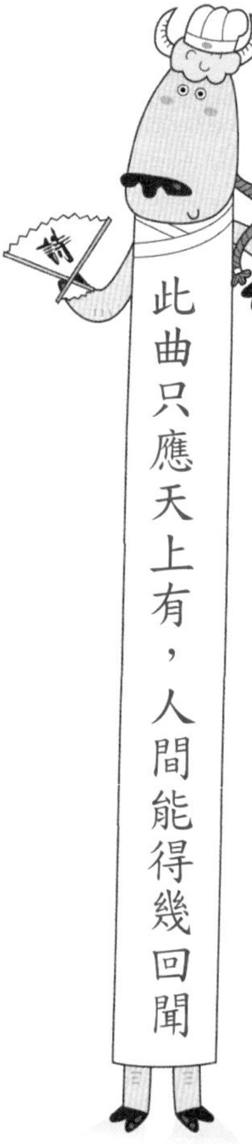

原文

錦城絲管[1]日紛紛[2]，
半入江風半入雲。
此曲祇[3]應天上[4]有，
人間能得幾回聞[5]？

（贈花卿[6]／唐朝・杜甫）

解釋

1. 絲管：本指弦樂和管樂，此泛指美妙的音樂。
2. 紛紛：連續不斷的樣子。
3. 祇：音ㄓˇ，僅；只。
4. 天上：雙關語，可指仙境或天子。
5. 聞：聽見。
6. 花卿：指唐朝劍南節度使花敬定，以驍勇善戰聞名，令敵人聞風喪膽。

譯文

錦城的花家天天演奏著美妙的音樂，那悠揚的樂聲隨風徐徐飄盪在錦江上，再裊裊飄入空中。這優美的樂曲應該只有天上仙境才聽得到，人間的百姓能聽到幾次呢？

賞析

安史之亂時，杜甫在節度使花敬定舉辦的宴會上，聽到有歌妓演奏「天上曲」，頓時感慨萬分。因該曲調是天子禮樂，臣子不可隨便演奏，杜甫有感而發，故作此詩暗諷。末句的「此曲祇應天上有，人間能得幾回聞」，「天上有」是暗喻這曲調是天子之樂，「人間」是臣子的借喻。杜甫表面讚美音樂的美妙，實諷刺花敬定不守君臣之道。

範文

努力是開啓成功的鑰匙

起頭技巧：開門見山法

努力是一把鑰匙，一把開啟成功的鑰匙，如果沒有努力，成功之門將永遠緊閉，永遠永遠也打不開。

愛迪生曾說：「所謂成功，是百分之一的天才，加上百分之九十九的努力。」

唐朝詩仙李白在才華洋溢的詩作背後，是「鐵杵磨成繡花針」的苦功。聞名遐邇的俄羅斯音樂大師魯賓斯坦，讓人讚嘆「此曲只應天上有，人間難得幾回聞」的精湛演奏技巧，是每天苦練的成果。他們是世人眼中的天才，卻仍須要不斷

作文撇步

「努力是一把鑰匙，一把開啟成功的鑰匙」，屬「譬喻修辭」法中的「明喻」，明明白白的將抽象的努力比擬作具象的鑰匙。第二段援引詩仙李白「鐵杵磨成繡花針」的例子，屬「引用修辭」法中的「明引」，用來加強主旨的正確性。「又怎麼可能一步登天呢」，是「設問修辭」法中明知答案的「反問」，能有效引起讀者共鳴。「千萬不能被沮

努力，平凡如我們，又怎麼可能一步登天呢？

或許你會抱怨的說：「我已經相當努力了，卻還是失敗，覺得好沮喪！」這時候的你，千萬不能被沮喪的巨浪所吞噬，反而應該揚起帆，掌起舵，迎向驚濤駭浪。失敗的原因很多，我們要在種種的原因中找到開啟成功之門的鑰匙，而尋獲「成功之鑰」的條件，就是要努力，要有「人一能之己百之」的體認。

走向成功的路途不會是康莊大道，總會遇見許多挫折與困難。持續不懈的努力，成功將會越來越近，也許一時之間還看不到，卻可能在下一個轉彎處就發現已經踏進成功的殿堂。但是如果不努力，成功將永遠只是遙遠的夢想。

喪的巨浪所吞噬，而更應該揚起帆，掌起舵，迎向驚濤駭浪」、「卻可能在下一個轉彎處就發現已經踏進成功的殿堂」，上述文句中，把抽象的「沮喪」、「成功」形象化，描述成「沮喪的巨浪」、「成功的殿堂」，屬「轉化修辭」法中的「擬虛為實」。

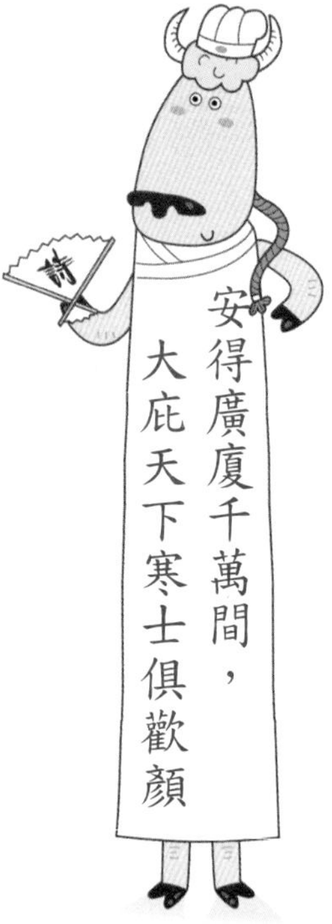

原文

安得廣廈千萬間，

大庇[1]天下寒士[2]俱[3]歡顏[4]，

風雨不動安如山。

嗚呼[5]！何時眼前突兀[6]見此屋，

吾廬獨破受凍死亦足[7]。

（〈茅屋為秋風所破歌〉節錄／唐朝・杜甫）

解釋

1. 庇：音ㄅㄧˋ，遮蔽；掩護。
2. 寒士：指出身微寒的讀書人。
3. 俱：皆；都。
4. 歡顏：笑臉。
5. 嗚呼：嘆詞，表示哀傷。
6. 突兀：高聳的樣子。
7. 足：滿意。

賞析

「安得廣廈千萬間，大庇天下寒士俱歡顏」，流露詩人

譯文

要如何才能夠擁有千萬間寬敞的房子，好收容天下貧苦的讀書人，讓他們能展露笑容，在風雨中安然如山。唉！這些豪屋何時才能高聳的矗立在眼前，若能如願，就算我的茅屋會破損，人會凍死，也心甘情願呀！

善良、憐憫的天性。「風雨不動安如山」一句，是運用「譬喻修辭」法，將讀書人面對大風大雨，也不驚慌的神態，比喻成如山般安穩不躁動。「吾廬獨破受凍死亦足」，展現了杜甫無私的偉大情操。

範文

颱風來了

起頭技巧：開門見山法

颱風來了，快快宣布放颱風假吧！每次氣象台宣布有颱風來襲時，相信全國的學子都會和我一樣盯著電視，眼球裡倒映著「放假」兩個字。

當電視的跑馬燈字幕清楚的打上全國停班停課的消息時，我就會像中了頭獎般手舞足蹈，高聲歡呼：「賺到一天假了！」但是，這句話往往換來祖母的責備，數落我沒有同情心，不懂得可憐那些住在低窪地區的人。

我住的社區從來不曾發生水災，對於飽受颱風肆虐的苦，壓根就不痛不癢，祖母的一番話，

作文撇步

關於「颱風」的作文寫法很多種，可以從災情切入、回溯颱風當天的情況、或從氣象新聞等等著手。本文是以颱風來了當下行文。「颱風來了」，直接點明颱風登陸，雖僅四個字，卻營造了緊張的氛圍。「眼球裡倒映著『放假』兩個字」、「全部遭雨水惡棍凌虐，發出聲聲哀號」，這兩句均屬「轉化修辭」法，前一句是「擬人為物」，後一句是

我只覺得太迂腐，現在想想，自己真是太聰明了。
孰料，才高興週五放了颱風假，可以連休三天，週一上學時，赫然發現教室積水，一片狼藉，還發出陣陣惡臭。原來走廊的排水孔堵塞，水漫進教室，導致班櫃下層的書、放在地上的東西全部遭雨水惡棍凌虐，發出聲聲哀號。
此刻，我才體悟到祖母說的話，我們因淹了些書就叫苦連天，那些每逢大雨必淹水的家庭呢？那些賴以維生的農作物全化為烏有的農民呢？面對颱風，即使沒有「安得廣廈千萬間，大庇天下寒士盡歡顏」的抱負，我也不會再為了想放假而祈禱它來了。

「擬物為人」。「自己真是太聰明了」，是應用「倒反修辭」法，故意說反法來突顯自己的愚昧。「那些每逢大雨必淹水的家庭呢?那些賴以維生的農作物全化為烏有的農民呢」，以連續問句，來引起讀者思考，是「設問修辭」法的特色。

原文

遠上寒山[1]石徑[2]斜[3]，
白雲深處有人家。
停車坐[4]愛楓林晚[5]，
霜葉紅於二月花。

（山行／唐朝・杜牧）

解釋

1. 寒山：寒秋裡顯得冷落、寂靜的山。
2. 石徑：山間的石路。
3. 斜：指道路彎彎曲曲的往前延伸。
4. 坐：因為；由於。
5. 晚：傍晚時的景色。

賞析

「遠上寒山石徑斜」，以「示現修辭」法呈現山路的蜿蜒陡峭。「白雲深處」一句，

譯文

晚秋裡，我沿著山間彎彎曲曲的石子路向前走，到了山頂，發現偏遠的深山裡白雲圍繞，竟然還有鄉野人家居住。停下馬車，是因為愛上傍晚時分的楓樹林，經過霜降的楓葉，反而比二月裡盛開的花朵還要豔紅。

透露詩人登上山頂，所以有白雲圍繞。「坐」一字，突顯了熱愛楓林的情感。「霜葉紅於二月花」中的「紅」，是形容詞，強調更加的豔紅。

範文

秋天，你的名字叫美麗

起頭技巧：開門見山法

秋天，你的名字叫美麗。當秋神的魔杖輕輕一揮，大地就如同變魔術般，換上紅黃色彩衣，美得令人捨不得閉上眼睛。稻田裡，金黃色的稻穗，隨著風的節拍，輕輕的搖晃舞動，用低沉富磁性的嗓音，訴說這是個豐收的季節，也是個美麗的季節。

秋天，你的名字叫美麗。瞧！滿山滿谷的楓樹迫不及待的換上新裝，吸引所有登山客的目光，讓人忍不住駐足，欣賞那「霜葉紅於二月花」的美景。踏在鋪滿層層楓葉的小徑上，葉子的碎裂

作文撇步

「當秋神的魔杖輕輕一揮，大地就如同變魔術般，換上紅黃色彩衣」、「黃色的稻穗，隨著風的節拍，輕輕的搖晃舞動，用低沉富磁性的嗓音，訴說這是個豐收的季節，也是個美麗的季節」、「滿山滿谷的楓樹迫不及待的換上新裝」、「蟋蟀、紡織娘兩位音樂家開起了演奏會」，都使用了「轉化修辭」法中的「擬物為人」。「留住這一季的絢

聲，彷彿歲月的叮嚀，要我們珍惜這份美麗，因為它轉眼就將遠去。而人們也總忍不住撿起落葉，回家夾在書本裡，留住這一季的絢爛。

秋天，你的名字叫美麗。夜空下，蟋蟀、紡織娘兩位音樂家開起了演奏會，悠揚的樂聲伴隨著徐徐晚風，用音符寫下了秋夜的美麗。這時候，最適合搬張椅凳，坐在庭院聊天，感受那夜色涼如水，坐看那閃爍的星星。而中秋節共同賞月，全家人團聚的溫馨，是記憶中無法磨滅的一頁。

在炎熱的夏季之後，美麗的秋天帶給人舒緩愉悅的感受。在嚴寒的冬天之前，美麗的秋天是我們收穫、儲備能量的時刻。秋天，你的名字叫美麗，我輕輕吟哦，恣情享受這美麗的秋天！

爛」、「用音符寫下了秋夜的美麗」、「記憶中無法磨滅的一頁」，也都是「轉化修辭」法，但屬於擬物化，將抽象化為具體的形象。

原文

勝敗兵家事不期[1]，
包羞[2]忍恥是男兒。
江東子弟[3]多才俊[4]，
捲土重來未可知。

（題烏江亭／唐朝・杜牧）

解釋

1. 期：預料。
2. 包羞：忍受羞辱。
3. 江東子弟：楚漢相爭時，由項羽所帶領的家鄉子弟。
4. 才俊：才能出眾的人。

賞析

「勝敗兵家事不期」和「捲土重來未可知」相呼應，因捲土重來的人，可能會獲得勝利，所以說勝負難料。「包羞忍恥是男兒」，是暗指項羽個性驕傲，不懂得能忍辱負重的才是男子漢。「江東子弟多才俊」，該句充滿了詩人對楚霸王的惋惜之情。「捲土重來未可知」，可用來鼓勵失敗者再次自我挑戰，以贏得勝利。

譯文

戰場上的勝利或失敗，即使是擅長作戰的將領也無法預期的，失敗後能夠忍辱負重，才是男子漢應有的擔當。江東地區的子弟個個才能出眾，只要再號召他們，或許戰局就會因此逆轉，而贏得最後勝利。

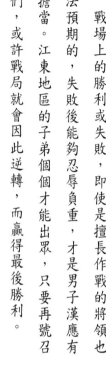

範文

永不向失敗低頭

起頭技巧：故弄玄虛法

在運動會短跑項目中從未屈居第二的我，去年居然連決賽都未進入，消息一傳來，不僅導師愕然，連同學都難以置信。

從他們關愛的眼神中，我嘗到失敗的藥水是如此的苦澀，不僅舌頭苦，連心頭都浸泡了藥水，尤其自知名落孫山的原因，是源於膨脹的自信。「膨脹的自信」像一頭自大的怪獸，吞噬了我的雙眼，讓我無視於競爭對手的實力，以為「成功」有如桌上拿柑般容易。——輕而易舉。

失敗，是上天給我的一拳重擊，這一拳讓我

作文撇步

首段以懸疑的事件作伏筆，引起讀者好奇，想一窺真相，這種先製作玄虛的布局，再一一說明，也是寫作的一種技巧。「我嘗到失敗的藥水是如此的苦澀，不僅舌頭苦，連心頭都浸泡了藥水」，「失敗」本是抽象的，在這裡把失敗形象化，描述成是苦澀的藥水；心頭本不會有藥水，文章中為了突顯心頭之苦，所以說「連心頭都浸泡了藥水」，以深深了解，消弭失敗的方法就是面對失敗，面對失敗才能正視錯誤，正視錯誤才能找到尋獲解決問題的途徑。

我從哪裡跌倒，就要從哪裡爬起來。曾經被自大怪獸打敗的我，要從逆境中反攻，擊垮自大怪獸。我開始有計畫性的鍛鍊體力、加強短跑技巧，虛心接受教練的指導。

所謂「捲來重來未可知」，明年的短跑競賽，我要以虛懷若谷的心，訓練有素的實力，拿下冠軍的獎盃。我告訴自己，不向失敗低頭的人，才能品味勝利的芬芳，而芬芳的勝利是留給懂得品味失敗的人。

上文句同時運用了「轉化和誇飾」修辭法，流露失敗後痛苦的心緒。「『膨脹的自信』像一頭自大的怪獸，吞噬了我的雙眼」，兼有「譬喻」、「轉化」修辭法。「桌上拿柑般容易。——輕而易舉」，屬「藏詞修辭」法中的「藏尾」。「而芬芳的勝利是留給懂得品味失敗的人」，是應用「轉化」和「映襯」修辭法。

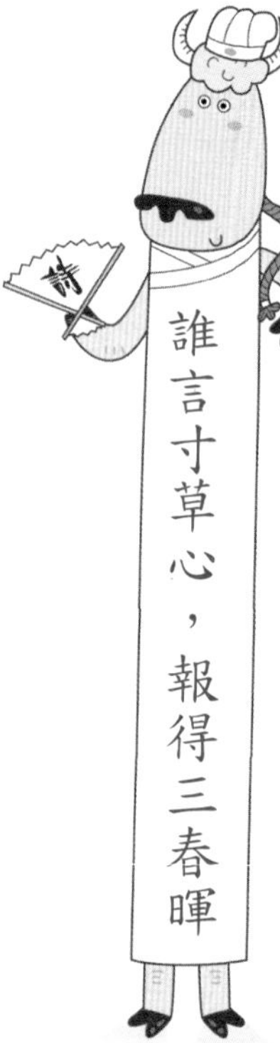

原文

慈母手中線，遊子[1]身上衣，
臨行密密縫，意恐遲遲歸。
誰言寸草心[2]，報得三春暉[3]。

（遊子吟／唐朝・孟郊）

解釋

1. 遊子：出外遠遊的人。
2. 寸草心：比喻兒女微小的心意。
3. 三春暉：比喻慈母的養育之恩。春天有三個月，所以稱三春。春暉：春天的陽光。

賞析

這首〈遊子吟〉是藉著遊子感恩之心，來表達母愛的偉大。最後兩句是詩人透過「反問」及「映襯」修辭法，讓讀

譯文

慈祥的母親手中持著針線，為即將遠行的孩子縫製衣服。一針一線密密的縫製，既害怕孩子在外受凍著涼，又擔心孩子在外遲遲不歸，不知何年何月才能回來相聚。孩子的孝心如同微小的草，如何能報答如春暉般的母恩。

者深切反思，像春天陽光厚博的母愛，怎是如同小草般的孝心能夠報答的呢？此句適合用來表達子女對父母親深摯的謝意。

範文

一隻愛的手錶

起頭技巧：具體比喻法

愛就是冬天裡暖烘烘的太陽；愛就是身處細縫還努力抽長的嫩芽；愛就是溫柔的輕吻臉龐的微風。啊！那隻手錶，紮紮實實蘊涵了父母的愛，伴隨著滴答滴答的聲響，分分秒秒的付出關懷。

家中的經濟本來就捉襟見肘，偏偏小弟又因腸病毒住病，更讓家裡微薄的存款有如破個大洞的米袋，嘩嘩啦啦的傾瀉，連一點一滴都不剩。

無奈「屋漏偏逢連夜雨」，這時候我竟然不小心把錶摔壞了，面對著即將屆臨的基測，沒有計時的手錶，我該如何掌握作答的時間呢？但是，

作文撇步

「愛就是冬天裡暖烘烘的太陽；愛就是身處細縫還努力抽長的嫩芽；愛就是溫柔的輕吻臉龐的微風」，這段話接連使用「愛就是……」，屬「類疊修辭」法中的「類字」，凡屬「類字」都是「排比」。「伴隨著滴答滴答的聲響，分分秒秒的付出關懷」，以「聽覺摹寫」和「轉化修辭」法，呼應了主題。「更讓家裡微薄的存款有如破個大洞的米袋，

看著父母為錢傷透腦筋，我豈能要求買新的手錶？

那天，媽媽有意無意的盯著我的左手看，似乎想開口問什麼，但是又把話吞了回去。一星期後的晚上，媽媽突然遞給我一隻錶，若無其事的說：「拿去吧！再弄壞就不管你了。」嶄新的錶在媽媽那隻黝黑且粗糙的手中，呈現了一種奇特的美感。「媽，您這幾天都沒吃早餐，難道就是因為……」

「誰言寸草心，報得三春暉」，父母親的恩情，是那麼的溫暖，是那麼的喜悅，是那麼的溫柔，即使窮盡我一生的孝心，也無法報答於萬一的偉大啊！

嘩嘩啦啦的傾瀉」，該句有「譬喻」、「聽覺摹寫」、「誇飾」修辭法。「是那麼的溫暖，是那麼的喜悅，是那麼的溫柔」，「是那麼的……」隔句反覆出現，屬「類疊修辭」法中的「類字」。

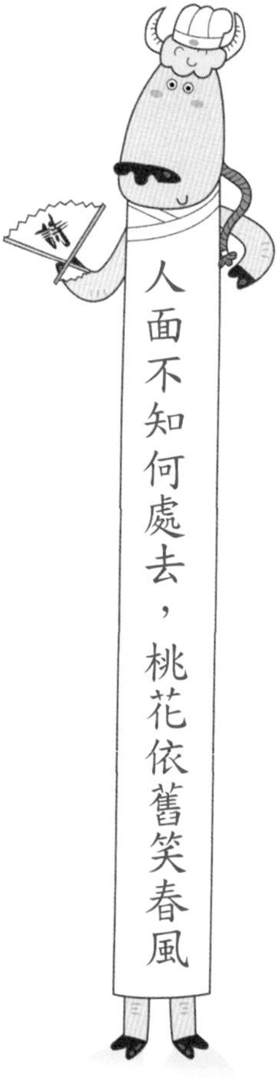

原文

去年今日[1]此門中，
人面桃花相映[2]紅。
人面不知何處去，
桃花依舊笑春風。

（題都城南莊／唐朝・崔護）

解釋

1. 今日：此指清明節。
2. 相映：相互映照、映襯的意思。映：因為照射而顯現出來。

賞析

起興是採回憶的寫法，「去年今日此門中」，點出今日是舊地重遊。「人面桃花相映紅」，隱約流露出愛慕。「人面不知何處去」，是一種失望、落寞的心情。末句的

譯文

記得去年清明節的這一天，在這門院裡，我看見你紅嫩嬌羞的臉龐和桃花相互映照。如今你不知到哪裡去了，只見桃花依舊在春風中盛開。

「桃花依舊笑春風」，是以「桃花」和「春風」來襯托自己的悵然若失。「笑」一字，雖言笑卻暗藏悲，景物相同，唯伊人不再，更顯其傷感。

範文

走！一起去散步

起頭技巧：引述名言法

文藝復興時代的全才人物達芬奇曾說：「運動是一切生命的泉源。」健康是如此重要，即使在忙碌的生活中，也要抽出時間好好運動。

無奈我沒運動細胞，加上身材圓滾，短短的手搭配短短的腿，想打藍球又嫌矮；想慢跑又怕喘；想游泳又羞體型嚇死人。多方考量下，我選擇了散步。

散步期間，漸漸的敏銳了我的觀察力。那天我才發現巷口的一戶人家，種了好幾株九重葛，紫、紅色的花忙碌的冒出牆頭，頻頻對著路人嬌

作文撇步

首段引用名人達芬奇的話：「運動是一切生命的泉源。」是「引用修辭」法中的「明引」。「想打藍球又嫌矮；想慢跑又怕喘；想游泳又羞體型嚇死人」，這段話「想……又……」隔句出現，屬「類疊修辭」法中的「類字」，凡「類字」必屬「排比」。「漸漸的敏銳了我的觀察力」，其中的「敏銳」從形容詞轉為動詞，這種改變詞性

笑。我上網查了資料，才知道那些花並非花瓣，只是花被而已。散步，開闊了我的知識視野。

好幾次散步時，遇見一位牽著土狗的老婆婆，她總是親切的向我點頭微笑，向來害羞的我終於打開心房，和老婆婆寒暄起來。散步，讓我贏得了友誼。

散步的途中，我曾瞥見一棟有庭院的日式洋房，裡頭住了個清秀的女孩子，看起來和我年紀相仿。初春，庭院內桃花盛開時，卻再不見她的縱影，不禁讓我有種「人面不知何處去，桃花依舊笑春風」的遺憾。

現在，散步成了我每天的習慣，即使綿綿細雨，即使狂風陣陣，即使烏雲籠罩，我都愛去散步。你，喜歡散步嗎？走！讓我們一起去散步。

的寫作法叫「轉品修辭」法。「好幾株九重葛，紫、紅色的花忙碌的冒出牆頭，頻頻對著路人嬌笑」，把無生命的花擬人化，會對路人微笑，屬「轉化修辭」法中的「擬物為人」。「即使綿綿細雨，即使狂風陣陣，即使烏雲籠罩」，「即使」一詞隔句連續使用，為「類疊修辭」法中的「類字」。「走！讓我們一起去散步」，把想像中的人當做在眼前，向他呼喚，是「呼告修辭」法的特色。

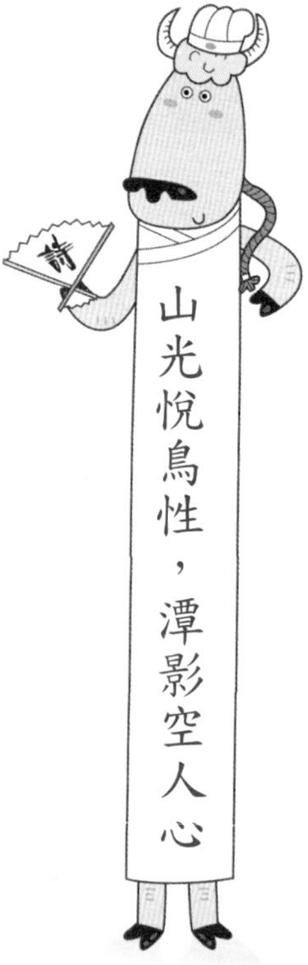

原文

清晨入古寺，初日照高林。
曲徑通幽處[1]，禪房花木深。
山光悅鳥性，潭影空人心[2]。
萬籟[3]此俱寂，惟餘鐘磬[4]音。

（題破山寺後禪院／唐朝・常建）

解釋

1. 幽處：清靜幽美的地方。
2. 空人心：使人心曠神怡。
3. 萬籟：大自然中所發出的各種聲響。
4. 鐘磬：古樂器。鐘：編鐘，古時候的打擊樂器。磬，音ㄑㄧㄥˋ，古時候用玉石製成的樂器。

賞析

本詩乍看似寫景詩，其實作品中流露出濃厚的禪隱思

譯文

清晨進入古寺，旭日照在樹梢，曲折的小路通往幽靜之處，僧侶的住所深藏在花木之中。明媚的山景使禽鳥也歡悅了起來，潭水中的倒影，讓人感到心曠神怡。這裡安靜到什麼聲音都沒有，只有寺廟裡敲擊鐘磬所發出的聲音。

惟。「山光悅鳥性，潭影空人心」，句中的「悅」、「空」二字都有佛教思想，可知詩人在山光潭影之中，早已俗塵洗淨，心空性悅，完全遁入自然與禪宗的懷抱裡，自然而然的有了「萬籟此俱寂」的體悟。

範文

考試結束後

起頭技巧：具體比喻法

日復一日讀書、考試的日子，就像蒐遍各電視頻道卻找不到心儀的節目一般，令人逐漸蒼白、無力。

我們一家人都十分熱愛旅遊，可惜，上國中以後，為了「偉大的成績」，為了考上理想的高中，我大部分的時間都置身在家中或補習班。所謂的自然美景，只能在課文中神遊，在夢境裡想像了。

那天的模擬考，我意外的考砸了，萬念俱灰的我，真不知要如何面對接下來的挑戰。爸爸看

作文撇步

用「蒐遍各電視頻道卻找不到心儀的節目」比喻考試、讀書的日子令人蒼白、無力，屬「譬喻修辭」法中的「明喻」。「偉大的成績」，是採用「倒反修辭」法，表達作者對一般人只重成績的無奈。「那天，天朗氣清，清風怡人」，這句話中「天」、「清」分別是上一句的句尾，也是下一句的句首，這種用前一句的結尾來做後一句的起

出我的沮喪，便趁著週末，帶我去花蓮遊玩，轉換心情。

那天，天朗氣清，清風怡人。我和爸爸享受了一段由鳥聲伴奏的路程後，便來到清麗可人的高山湖泊——蓮花池。早春的池畔，開滿了桃花，武陵人念念不忘出塵脫俗的桃花源，彷彿從書本跳躍至眼前。聽著盈耳的鳥鳴，看著水面上花朵的倒影，我不自覺的吟出曾經背誦的「山光悅鳥性，潭影空人心」，在大自然的懷抱裡，我突然覺得成績不再是最重要的了。

大自然不爭，卻讓萬物自然包涵其間；不為成績的讀書心態，不也才能真正自我提昇嗎？身處大自然間，我突然覺得自己豁然開朗了起來。

頭，就叫「頂真修辭」法。「清麗可人的高山湖泊」、「出塵脫俗的桃花源」，這兩句都是把景色當作是美人描寫，屬「擬物為人」。「不為成績的讀書心態，不也才能真正自我提昇嗎」，這句話乍看之下顯得矛盾，其實不然，唯有為求知讀書，不為成績死讀，才能夠充實內涵，自我提昇，點出了本文的重點。

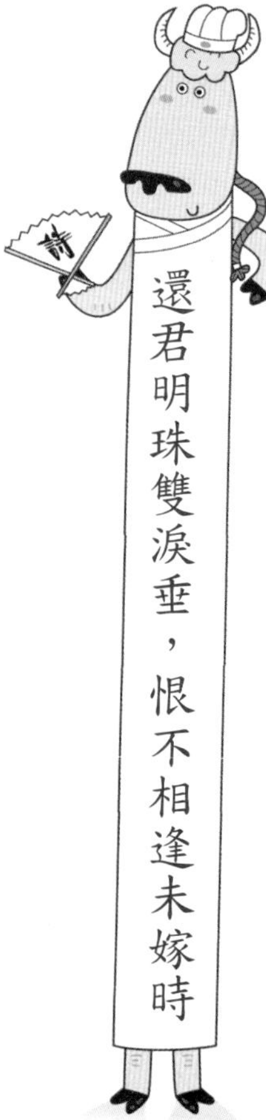

原文

君知妾有夫，贈妾雙明珠。
感君纏綿意[1]，繫在紅羅襦[2]。
妾家高樓連苑[3]起，良人[4]執戟[5]明光裡。
知君用心如日月，事夫誓擬同生死。
還君明珠雙淚垂，恨不相逢未嫁時。

（節婦吟／唐朝‧張籍）

解釋

1. 纏綿意：愛慕的情意。
2. 羅襦：一種質地輕柔的絲質短上衣。襦，音ㄖㄨˊ，短上衣。
3. 苑：音ㄩㄢˋ，泛指君王或貴族的園林。
4. 良人：古時候妻子對丈夫的稱呼。
5. 戟：音ㄐㄧˇ，古代的兵器。

賞析

這首「節婦吟」是張籍婉

譯文

你分明知道我已經有了夫婿，卻還贈送我一對夜明珠。對於你的情意我心懷感激，也把夜明珠繫在紅羅短衣上。我家的高樓大宅和皇宮的花園相比鄰，我的夫婿威風凜凜的執著長戟，在皇宮裡工作。我雖明白你的心意就像明月般皎潔、真誠，但是我曾經立下誓言，生或死都要和丈夫在一起。我把夜明珠還給你時，兩眼哭得淚如雨下，恨只恨沒有在結婚前與你相遇呀！

拒節度使李師道的拉攏所作。詩人巧妙的以「夫婦」比喻「君臣」，強調彼此的忠誠。「明珠」是暗喻高官厚祿的誘惑。「繫在紅羅襦」和「還君明珠雙淚垂」，堪稱是最高明的拒絕藝術，讓對方知道自己心意已領，但是無奈「恨不相逢未嫁時」，使得被拒絕的一方不致於太難堪。

範文

拒絕，也須要智慧

起頭技巧：實際舉例法

唐朝張籍所做的〈節婦吟〉，堪稱是「最高明的拒絕藝術」。詩中的節婦一方面藉由描述丈夫的完美，來表達自己對婚姻的堅貞；一方面又以「還君明珠雙淚垂，恨不相逢未嫁時」的婉轉說詞，使得對方不致於下不了臺。

或許你會說，拒絕哪需要智慧？只要把話講清楚，把臉色繃得緊，把語氣變嚴厲，對方自然會知難而退。不！不！殊不知「拒絕」也須要智慧，沒有智慧的拒絕，容易成為一枝帶毒的利箭，傷得你血流如注。

作文撇步

起頭舉詩人的作品〈節婦吟〉為例，再切入主題抒發，是「引用修辭」法中的「明引」。「或許你會說，拒絕哪需要智慧」，以提問來引起讀者好奇，思考問題，是「設問修辭」法中的「反問」，也叫「激問」，答案就在問題的反面。「把話講清楚，把臉色繃得緊，把語氣變嚴厲」，這段話接連出現「把」字，屬「類疊修辭」法中的「類字」，凡因為過於強烈的拒絕，容易傷害了對方的自尊，自尊一旦被踐踏，即容易惱羞成怒，惱羞成怒下的情緒如潰決的海潮，令人不得不提防。所以拒絕時，應該理直氣和，明確的表明想法，也留給對方退路，使彼此雙贏，這樣才稱得上是拒絕的智慧。

人生難免要面臨抉擇，抉擇一方則代表捨棄另一方，因此，要擁有一個不遺憾的人生，除了要勇敢選擇，更應懂得漂亮拒絕的智慧。

勇敢的拒絕，漂亮的拒絕，讓自己學習在拒絕的藝術中，贏得一次又一次的勝利！

「類字」一定是「排比」。

「容易成為一枝帶毒的利箭，傷得你血流如注」，屬「轉化修辭」法。「容易傷害了對方的自尊，自尊一旦被踐踏，即容易惱羞成怒，惱羞成怒下的情緒如潰決的海潮」，兼有「頂真」和「譬喻」修辭法。

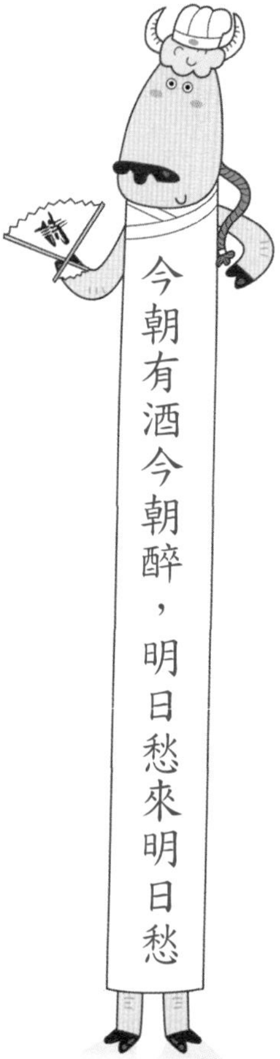

原文

得[1]即高歌失[2]即休[3]，
多愁多恨亦悠悠[4]。
今朝[5]有酒今朝醉，
明日愁來明日愁。

（自遣[6]／唐朝・羅隱）

解釋

1. 得：音ㄉㄜˊ，得志，意氣風發的時候。
2. 失：此指落魄不得志。
3. 休：停止。
4. 悠悠：遙遠無盡的樣子。
5. 今朝：朝，音ㄓㄠ。今天。
6. 自遣：自我排遣。

賞析

這首詩雖是作者自遣的作品，卻也有勸戒世人的意味。「得即高歌失即休」，是一種

譯文

得志的時候便放聲高歌，不得志時也不必太在意，太多憂愁、太多怨恨只會讓心更煎熬。不如今天有酒今天醉，明天的憂愁明天再去煩惱吧！

參透人生的體悟，因為「多愁多恨亦悠悠」，愁恨放不下，只會讓自己背負綿綿無盡的愁恨罷了。「今朝有酒今朝醉」雖取放歌縱酒的形象，卻是豁達的表現。

範文

不放棄，永遠都有機會

起頭技巧：驚嘆共鳴法

慘了！又考不及格。我顫抖的手捧著刺人雙眼的考卷，連心都皺起了眉頭，腦海裡盡是超低的分數在徘徊遊蕩……

想到父母看到考卷時，鐵定會氣得大吼，屆時，家裡的空氣就會瀰漫著嘆息聲、咆哮聲、指責聲……聲聲如五雷轟頂，轟得人遍體鱗傷。

唉！誰教我每每愛跟「行樂魔鬼」交朋友，他總是誘拐我要「今朝有酒今朝醉，明日愁來明日愁」，及時享樂才重要。對！反正我又不是讀書的料子，乾脆投向電玩的懷抱，在電玩世界裡，

作文撇步

「刺人雙眼的考卷，連心都皺起了眉頭，腦海裡盡是超低的分數在徘徊遊蕩……」、「家裡的空氣就會瀰漫著嘆息聲、咆哮聲、指責聲」、「『機會』從不飛向我，現在我要用『不放棄』的繩索，緊緊的抓住『機會』」，上述文句中，把考卷、心、腦海、空氣、機會、不放棄，轉變其原本的性質，化成與本質截然不同的事物來描述，所以考卷會

我是資優生，並非經常考不及格的「阿斗」。

這種自我放棄的逃避，一直到我看了日本人乙武洋匡的《五體不滿足》一書後，才翻然醒悟。身體有重大殘缺的他，從不放棄努力，開朗的在陽光過日子，而我為什麼要放棄自己呢？

不放棄才有機會呀！既然自己能因熱中電玩，而對中國歷史瞭若指掌，為什麼不試著把心力放在其他科目？昔日我因「放棄」，所以「機會」從不飛向我，現在我要用「不放棄」的繩索，緊緊的抓住「機會」。

刺人雙眼、心會皺眉頭、腦海裡有低分在徘徊；空氣裡瀰漫著嘆息等聲音、機會也不展翅飛過來、用力抓住不放棄的繩索，這種修辭法叫「轉化修辭」法。「聲聲如五雷轟頂，轟得人遍體鱗傷」，是應用「誇飾修辭」法來渲染責罵聲，前一句兼有「譬喻」；後一句兼有「轉化」。「資優生」對比「阿斗」，是應用「映襯修辭」法來寫作。

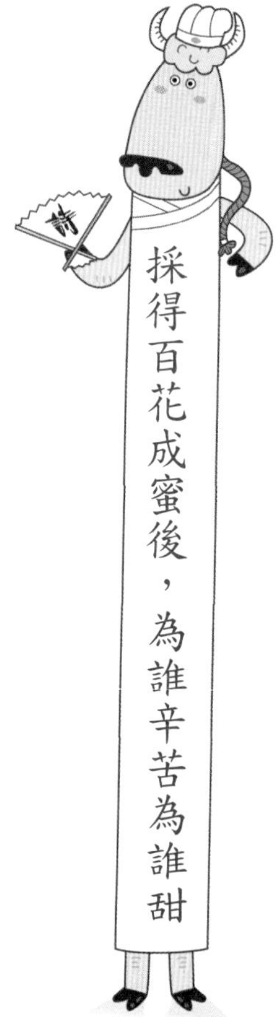

原文

不論平地與山尖[1]，
無限風光[2]盡被占[3]。
採得百花[4]成蜜後，
為誰辛苦為誰甜[5]？

（蜂／唐朝・羅隱）

解釋

1. 山尖：山頂。
2. 風光：泛指美麗的風景。
3. 占：占據；霸占。
4. 百花：比喻各式各樣五顏六色的花朵。
5. 甜：味道香甜的蜜。

賞析

〈蜂〉這首七言絕句是藉由蜜蜂辛勤採蜜，卻不曾享受，來隱喻在當政者剝削下，農民即使揮汗勤奮種田，收成

譯文

無論是平地或山頂，一望無際的遼闊景致都被群蜂占去了。但是辛苦的蜜蜂將採得的百花釀成蜜後，卻從不曾獨享。我說蜜蜂啊！你到底是為誰辛苦？又為誰釀成味道香甜的蜜呢？

時卻被徵收光了，自己反而吃不飽。「盡被占」，是對貪婪的上位者的抗議。「為誰辛苦為誰甜」，是以「反問」來表達心中的無奈和心酸。

範文

學習付出不求回報

起頭技巧：驚嘆共鳴法

「唉！我付出這麼多，卻沒有人感激……」你是否曾有這樣的感慨？辛苦的為對方付出，別人卻連蠅頭般的感謝都吝嗇表達，反嫌做得不夠多、不夠好，甚至語氣含冰塊的說：「多管閒事！」受這樣的委曲，任誰都會有一股「採得百花成蜜後，為誰辛苦為誰甜」的哀嘆吧！

熬夜替其他組員趕報告，卻換來「有點粗糙」的批評；存錢為家人買禮物，卻換來「不太實用」的評語。自己的心意被人不屑的丟在地上踐踏，傷心的我，從此小心翼翼的計算著付出和

作文撇步

本文首段寫道：「唉！我付出這麼多，卻沒有人感激……」，「唉」是感嘆語，當內心有喜、怒、哀、樂情緒時，把這種表現情感的聲音描繪出來，就叫「感嘆修辭」法，其他像出現「啊」、「嘿」、「哼」、「唉喲」等等字詞時，也都是用來表達內心的情感。「蠅頭般的感謝」，是「誇飾修辭」法，強調極微薄的謝意。「語氣含冰

回報是否等值，再也不肯歡喜的付出。

昨天，看見王爺爺滿頭大汗的在修剪社區的花圃，我好奇的問他工時是多少錢？結果王爺爺笑了笑說：「我歡喜做，不用錢啦！」那一刻，我的心澎湃洶湧，捲起的巨浪沖擊著「求回報」的思惟。原來付出可以不求回報，不求回報的心胸，才能獲得無限的喜悅，無限的喜悅才是價值連城的回饋。

所謂「歡喜做，甘願受」，如果人人能摒棄求回報的迷思，秉著無索求的態度，就不會被「回報的桎梏」銬住手腳了。

來！讓我與你攜手學習付出不求回報的胸襟，享受「歡喜做」，共同體驗「甘願受」的快樂。

塊」、「我的心澎湃洶湧，捲起的巨浪沖擊著『求回報』的思惟」，均應用「轉化修辭」法。「原來付出可以不求回報，不求回報的心胸，才能獲得無限的喜悅，無限的喜悅才是價值連城的回饋」，為「頂真格」的技巧。「來！讓我與你攜手學習付出不求回報的胸襟」，屬「呼告修辭」法，向想像中的人呼喚、傾訴。

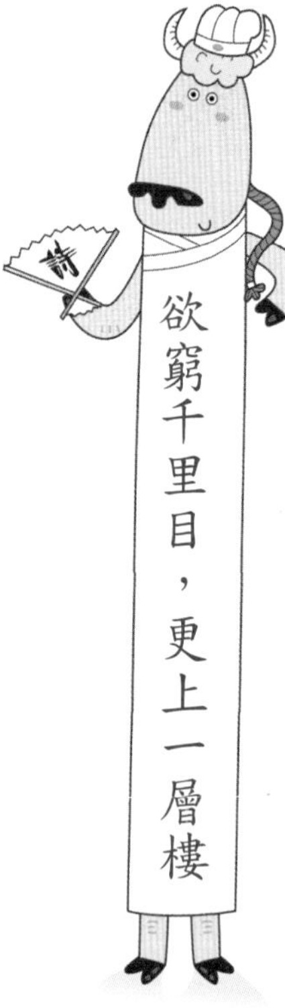

原文

白日依山盡[1]，黃河入海流。
欲窮[2]千里目[3]，更上一層樓。

（登鸛雀樓／唐朝・王之渙）

解釋

1. 盡：隱沒。
2. 窮：盡；完。
3. 千里目：遙遠的視野。千里：指千里外的景物，引申作遙遠的地方。目：視野。

賞析

這首詩是描寫登鸛雀樓，眺望遠方的景況。全詩對仗十分工整，其中的「依山盡」、「入海流」、「千里目」、「一層樓」，更顯氣勢雄偉。

譯文

太陽順著山勢隱沒了，黃河滔滔不盡的向大海奔流，想要看到最遠的景物，就要再登高一層樓。

「欲窮千里目，更上一層樓」，這句被視為追求理想境界的座右銘，說明「爬得越高，看得越遠」的道理。

範文

新年新希望

起頭技巧：建立疑問法

如果用心許了願，有了新希望，會不會讓自己的人生變得有光彩？

每年的寒假作業中，總會出現「新年新希望」這樣的作文題目，而我也總是言不及義的寫些「光說不練」的事，例如：不要貪吃貪睡、學業成績拚第一名、隨手做環保、別沉迷線上遊戲等等。對我來說，新年新希望就像是吹牛比賽，反正歲末寒冬的時候，我依然會說：「別氣餒，明年繼續加油。」

向來數學成績搖搖欲墜的我，眼看同學紛紛

作文撇步

「人生變得有光彩」，屬「轉化修辭」法，以「光彩」來表達人生過得有意義。將「補習班」比擬作「補習列車」，載滿了學子，是應用「譬喻修辭」法中的「暗喻」，也叫「隱喻」。「我腦裡的數學瘠地突然變成沃土，開出了鮮豔的花朵」，這句話是把腦海當作是土地來描寫，屬「轉化修辭」法中的「擬人為物」。「太陽打西邊出來都搭上「補習列車」，我也趕在過年後急急的搭上車。不可思議的是，擠在車裡的我，腦裡的數學瘠地突然變成沃土，開出了鮮豔的花朵，當老師破天荒的看到我考一百分的試卷時，打趣的說：「太陽打西邊出來啦！」那張因驚訝而呈圓型的嘴，像是亟需呼吸的魚兒。

老師驚訝的表情激發了我的好勝心，我決定要以好成績來證明自己具備「數學大師」的潛力。古人說：「欲窮千里目，更上一層樓」，所以，我今年的開春新希望，就是朝「數學達人」的境界邁進。

因為用心許了願，所以，我要好好努力讓每一天，每一個月，每一個季節都散發耀眼、璀璨的光彩。

啦」，是「誇飾修辭」法，實際上太陽不可能從西邊升起，這句話是比喻絕對不可能發生的事。「那張因驚訝而呈圓型的嘴」，是「視覺摹寫」的運用。「每一天，每一個月，每一個季節」，從一天到一個月到一季，由少變多，屬「層遞修辭」法中的「遞升」，也叫「遞增」。

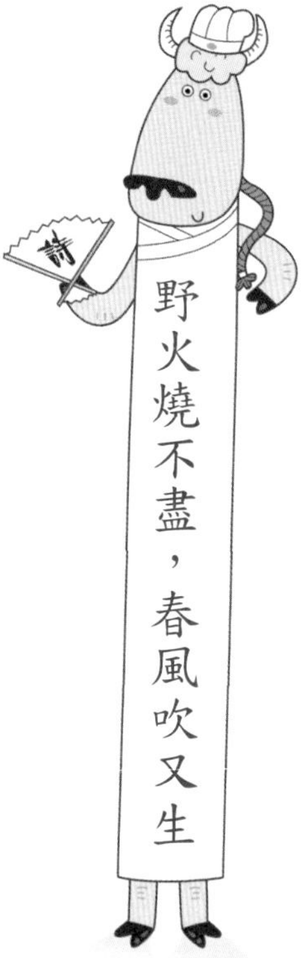

原文

離離[1]原上草，一歲一枯榮。
野火燒不盡，春風吹又生。
遠芳[2]侵[3]古道，晴翠[4]接荒城。
又送王孫去，萋萋滿別情。

（賦得古原草送別／唐朝・白居易）

解釋

1. 離離：形容草木生長茂盛的樣子。同「萋萋」。
2. 芳：指野生的花草。
3. 侵：逐漸的進展或擴大，此指野花野草茂盛的生長。
4. 晴翠：草木在陽光照耀下，呈現碧綠色。

賞析

這是一首充滿離情的詩作。「離離原上草，一歲一枯榮」，詩人藉著草木的滋生和

譯文

繁茂的青草長滿了草原，這些青草每年都是春生秋枯。野火焚燒不盡草原的生命力，春風一吹便又蓬勃的生長。茂盛的野草都蔓延到遠方的古道上，金色陽光下，翠綠的野草連接荒蕪的舊城。我來到古原上送別即將遠行的你，這遍地滋生的雜草就像我斬不斷的綿綿離愁。

枯萎，來暗喻人生的相聚和離別是必然的。「遠芳侵古道，晴翠接荒城」，表面寫雜草叢生，其實是寫愁思綿綿，如滋生的野草。詩中的「野火燒不盡，春風吹又生」一句，流露詩人豁達、不畏挫折的人生觀。

範文

我最想念的人

起頭技巧：魔法變身法

想念沒有腳，卻能時時刻刻跟隨我的蹤影；想念沒有手，卻能時時刻刻溫熱我的心頭。想念之所以擁有「野火燒不盡，春風吹又生」般的強韌生命力，只因為我想念的對象是您——親愛的母親。

端午節的時候，我想念的，是您教我包粽子時那雙溫暖的手，粽子之所以美味，是因為有您。不管您離開了多久，您雙手的溫度，都會持續的透過粽子，傳遞那股令我感到幸福的溫熱。

我低吟的歌聲中，總有您相和的聲音。因為

作文撇步

題目強調「最」，所以只能寫一個人。起文將無生命的想念，化身成有手、有腳的東西，並時時跟隨和溫熱主人翁，這是應用「轉化修辭」法。「粽子之所以美味，是因為有您。不管您離開了多久，您雙手的溫度，都會持續的透過粽子，傳遞那股令我感到幸福的溫熱」，是透過「味覺」及「觸覺」摹寫，來寫對母親的思念。「仍有著公主般的待我倆的音質是如此相近，所以想念您時，我便唱歌，想像唱和聲的那個人就是您。

感冒的時候，我會煮一碗鮮蝦麵，剝去蝦子的外殼後，放入碗裡，想像以前受您寵愛的我，仍有著公主般的待遇。公主般的待遇，是您給予的愛。

想念，讓您始終不曾離我而去。雖然想念您時，臉上總會淌流著鹹鹹的淚，但是，我的嘴角也會流露著笑意，因為我知道，您一直駐留在我的心裡，十五年的美好，已經足夠讓我一輩子回憶……

親愛的母親，我想念您。我知道在天上的您，也會像我想念您時，一樣微笑著想念我。

遇。公主般的待遇，是您給予的愛」，「公主般的待遇」既為上一句的句尾，也是下一句的句首，這種修辭法叫「頂真修辭」法。「十五年的美好，已經足夠讓我一輩子回憶」，「十五年」對比「一輩子」，屬「映襯修辭」法。「讓我一輩子回憶」，以「誇飾修辭」法來強調濃濃的想念。

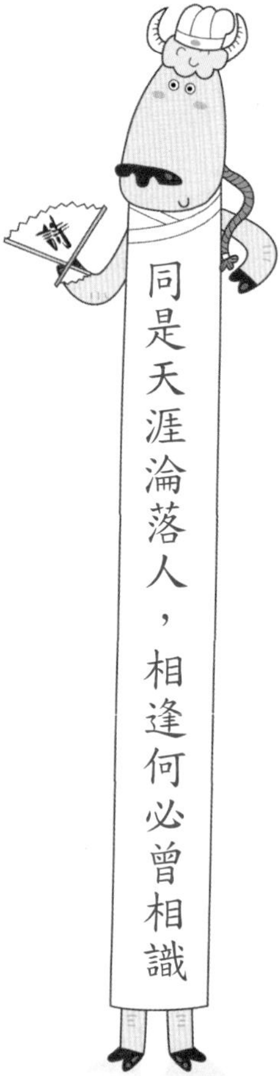

原文

夜深忽夢少年事，
夢啼妝淚紅闌干[1]。
我聞琵琶已歎息，
又聞此語重唧唧[2]。
同是天涯淪落人，
相逢何必曾相識。

（〈琵琶行〉節錄／唐朝．白居易）

解釋

1. 闌干：縱橫散亂的樣子。
2. 重唧唧：一次又一次的嘆息。重，音ㄔㄨㄥˊ，再；又。唧唧：嘆息，也作狀聲詞用，指嘆息聲。

賞析

本詩選自《白氏長慶集》，為一首七言樂府詩，屬長篇敘事詩，共六〇二字。詩人藉由琵琶女的感嘆，來抒發自己被迫流落天涯的悲恨。原

譯文

半夜裡，她突然夢見年輕時快樂的往事，回想現在孤單的處境，難過的哭了起來，從睡夢中哭醒的她，才發現搽了胭脂的臉，布滿了縱橫散亂的淚水。

我聽了琵琶曲早已連連嘆息，現在又聽到她這番話，更是感慨不已。我和她同樣是淪落天涯的人，今日有緣相逢，又何必拘泥一定曾經相識。

詩中的「門前冷落車馬稀」，透露世人喜新厭舊的無情。「繞船明月江水寒」一句，因為商人輕別離而使棄婦守空船，江水映照的月色不再柔美，反而更顯孤寂。琵琶女因色衰而被棄，白居易因直言敢諫而遭貶謫，所以說「同是天涯淪落人，相逢何必曾相識」。

範文

最適合我的讀書環境

起頭技巧：建立疑問法

你猜，什麼樣的讀書環境最適合我？寬敞、安靜的書房？輕音樂迴盪在空氣中，時時按摩著你的疲憊？或讀書味濃厚的圖書館？時髦的「K書中心」？相信每個人的答案都不同，以我而言，去「麥當勞」讀書，反而最適合我了。

為什麼呢？因為我的一顆心稍微受到誘惑，就像奔馳的野馬，難以駕馭。家裡溫暖的被窩總是頻頻向我招手，柔情的呼喚我；電腦也發出聲聲吟唱，輕訴著與我「一日不見，如隔三秋」的思念。在這樣溫情的攻勢下，我的腦海裝不進課

作文撇步

本文以一連串的反問句起頭，讓讀者引起好奇、興趣，進而一起思考。「輕音樂迴盪在空氣中，時時按摩著你的疲憊」，輕音樂本不可能像人一樣會按摩，這裡是轉變其性質，化作與本質不同的事物加以描寫，是「轉化修辭」法中的「擬物為人」。「因為我的一顆心稍微受到誘惑，就像奔馳的野馬」，把受到誘惑的心比喻為飛奔的馬，是應用「譬

本，我的胸口怦怦的跳，我的思緒奔騰翻攪，唯有在人聲鼎沸的地方，才能在吵鬧的地獄中另闢寧靜的天堂。

「麥當勞很吵，哪能專心？」或許你會這樣反問。不可思議的是，旁人的耳語和店中的音樂，彼此干擾後，我壓根聽不清楚，反而不受影響。在麥當勞的另一個好處是，可以邊吃邊讀，不需因用餐而離開。讀累了，瞄一下形形色色的客人，整個人就輕鬆了起來。若是看到一樣在唸書的人，還會有種「同是天涯淪落人，相逢何必曾相識」的憐惜，眼光不經意交會時，彼此交換個微笑。

你喜歡怎樣的讀書環境？或許你也可以來麥當勞，讓我們一起加油！打氣！

喻修辭」法。「家裡溫暖的被窩總是頻頻向我招手，柔情的呼喚我；電腦也發出聲聲吟唱，輕訴著與我『一日不見，如隔三秋的思念』」，上述文句是應用「轉化修辭」法來行文。「我的腦海裝不進課本，我的胸口怦怦的跳，我的思緒奔騰翻攪」，以上這段話兼有「轉化」和「類疊」修辭法。

夜雨聞鈴斷腸聲

原文

行宮見月傷心色，夜雨聞鈴[1]斷腸聲。
天旋地轉[2]迴龍馭[3]，到此躊躇不能去。
馬嵬坡下泥土中，不見玉顏空死處。
君臣相顧盡沾衣，東望都門信馬歸。

（〈長恨歌〉節錄／唐朝・白居易）

解釋

1. 聞鈴：聽見簷鈴隨風搖晃的叮噹聲。聞：聽見；聽到。鈴：指懸掛在屋簷下的風鈴，即「簷鈴」。
2. 天旋地轉：比喻世局動盪不安，戰亂四起。
3. 龍馭：天子的車騎。

賞析

〈長恨歌〉是一首藝術成分濃厚的長篇敘事詩，當時白居易任縣尉，這首詩是他和朋

譯文

在行宮遙望明月，慘淡的月光令人傷心欲絕，雨夜裡，聽到簷鈴隨風吹動，傳來催人斷腸的叮噹聲。如今世局大變，皇帝的車駕快馬加鞭的奔返京城，經過楊貴妃魂斷的馬嵬坡，玄宗徘徊又徘徊，不忍心離開。在這片傷心的泥土裡，早已不見美人的嬌顏，空留有她慘死的場所。君臣們相互默望，淚水直流沾溼了衣裳，傷感的任隨馬車朝東前進，駛向長安城。

友陳鴻、王質夫遊覽仙遊寺時，有感於唐玄宗、楊貴妃的淒美愛情故事而作。詩人根據當時的傳說、街坊的歌唱，以精煉的語言和優美的形象，結合抒情和敘事，描述了兩人在安史之亂中生死別離的哀痛。「馬嵬坡下泥土中，不見玉顏空死處」，流露詩人對楊貴妃的哀思。〈長恨歌〉是一篇加以詩化的愛情故事，回旋曲折，讓讀者自行回味、感受。

夜晚聽雨

起頭技巧：開門見山法

窗外，雨淅瀝瀝的下著，在街燈的照射下，成了銀白色的雨幕，隔絕了一切喧囂。從遠處人家窗戶流瀉出來的燈光，朦朦朧朧，給人一種溫暖的安心。

下雨的夜晚，顯得特別寧靜，只有雨聲滴滴答答，沉澱了飛揚的塵土，洗去了煩躁與俗慮。若是運氣好，打開窗戶，不會有雨絲潑灑而入，只有沁人的涼意。在這樣的時刻，適合展書閱讀，適合聆聽輕音樂，也適合獨自品茗，在清甜的茶香裡，靜靜的聽雨，和雨絲共享那份恬靜與溫柔。

作文撇步

首段以「聽覺摹寫」和「視覺摹寫」來描繪雨夜的景致，寫「雨淅瀝瀝的下著，在街燈的照射下，成了銀白色的雨幕，隔絕了一切喧囂。從遠處人家窗戶流瀉出來的燈光，朦朦朧朧，給人一種溫暖的安心」，營造出雨天的美感。「淅瀝瀝」和「滴滴答答」均屬「狀聲詞」，常用來形容雨聲。「洗去心中的煩躁與俗慮」一句，是應用「轉化修聽雨的人，都與我有相同的情懷嗎？感受「夜雨聞鈴斷腸聲」的唐玄宗，想必是徹夜未眠。而漲秋池的巴山夜雨，也是這樣的雨吧？綿綿的雨像百轉千回，斷也斷不了的離愁，層層捆住了多情的人，因離愁難斷，所以思念更深。若是離鄉途中遇雨，心底的哀思想必更濃更烈，早已不知臉上的水是淚珠或雨滴。

即使是同一個人，從少年時的聽雨歌樓上，到壯年的聽雨客舟中，到暮年的聽雨僧廬下，雖然同樣都是聽雨，心情卻截然不同。

幸運的是，我因無俗事掛心頭，又置身溫暖的屋內，才能擁有一份閒情逸致的心情，輕鬆的聽雨賞雨吧？雨不回答，只是一逕的滴滴答答下著……

辭」法。「聽雨的人，都與我相同嗎」，雖提問卻也帶出了另一主題：隨想。「綿綿的雨像百轉千回，斷也斷不了的離愁，層層捆住了多情的人」，該句應用了「譬喻」和「轉化」修辭法。

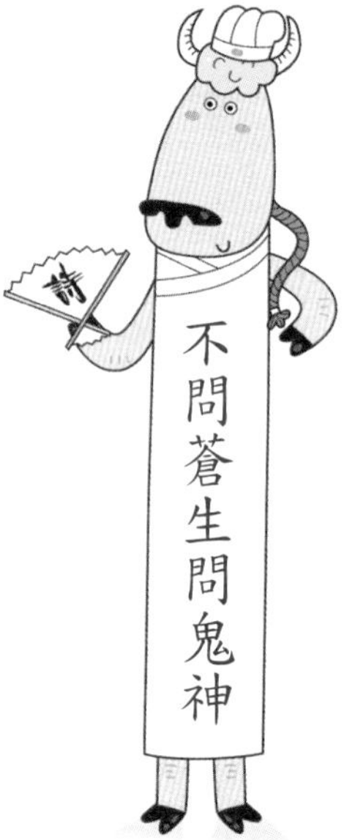

原文

宣室[1]求賢訪逐臣[2]，
賈生才調更無倫[3]。
可憐夜半虛前席[4]，
不問蒼生問鬼神。

（賈生／唐朝・李商隱）

解釋

1. 宣室：此指天子漢文帝。
2. 逐臣：被貶謫的臣子，在這裡指賈誼。
3. 無倫：沒有人比得上。
4. 虛前席：本指空出座位接待賓客，引申為禮遇有能力的人。

賞析

本詩表面上是感嘆在上位者不能重視人才，讓他們在政治上發揮能力，實際上則是抒

譯文

漢文帝為訪求賢才，召見被流放在外地的臣子，這些臣子之中，賈誼的才氣可說是無與倫比的。可惜漢文帝在半夜接見像賈誼這樣的賢才時，問的不是如何安邦治國，而是問有關鬼神的事情。

發自己懷才不遇的心情。「可憐夜半虛前席」，詩人以「夜半」的時間點，來暗諷君王無心問政，夜半召賢才竟是「問鬼神」。「蒼生」對照「鬼神」，也帶有譏諷意味。

範文

我心目中第一名的總統

起頭技巧：建立疑問法

怎麼樣的總統才是我心目中第一名的總統呢？

我心目中第一名的總統必定是親民愛民，把百姓的需求當成是自己的需求般關切；必定是具有高瞻遠矚的眼光，能夠為國家開拓出嶄新的道路，在國際上發光發亮；必定是能夠摘奸擿伏，撤換貪汙、不負責任、沒膽識等不適任的官員，讓國家可以在賢才的治理下，經濟繁榮，民殷國富。

我心目中第一名的總統絕不會汲汲營營於個

作文撇步

首段寫道：「怎麼樣的總統才是我心目中第一名的總統呢」，以提問來引起讀者好奇，進而對文章產生興趣，是「設問修辭」法的特色。「必定是親民愛民，把百姓的需求當成是自己的需求般關切；必定是具有高瞻遠矚的眼光，能夠為國家開拓出嶄新的道路，在國際上發光發亮；必定是能夠摘奸擿伏，撤換貪汙、不負責任、沒膽識等不適任的官人的利益；他下鄉，是為了要探訪民情，而不是踏遍各大廟宇，急急的探問個人的政治前途。「不問蒼生問鬼神」的總統，絕不會是我心目中第一名的總統。

身為國家最高的領導人——總統，自然也會被人民賦予最多的期望與寄託，他必須禮賢下士，他必須博學多聞，他必須見識卓越，他必須仁民愛物，也因此，人民也應該給他最高的尊敬，好讓他能承擔起這份艱鉅的工作。

希望每個百姓都能有「選賢與能」的智慧，也希望每個承受百姓期許的總統真的能不負所託，如此，我們的國家才會有更美好的未來。

員，讓國家可以在賢才的治理下，經濟繁榮，民殷國富」，這段文字中「必定是」一詞隔句連續出現，屬「類疊修辭」法中的「類字」，是「排比」句。「他下鄉，是為了要探訪民情，而不是踏遍各大廟宇，急急的探問個人的政治前途」，屬「映襯修辭」法。「他必須禮賢下士，他必須博學多聞，他必須見識卓越，他必須仁民愛物」，也屬「類疊修辭」法中的「類字」。

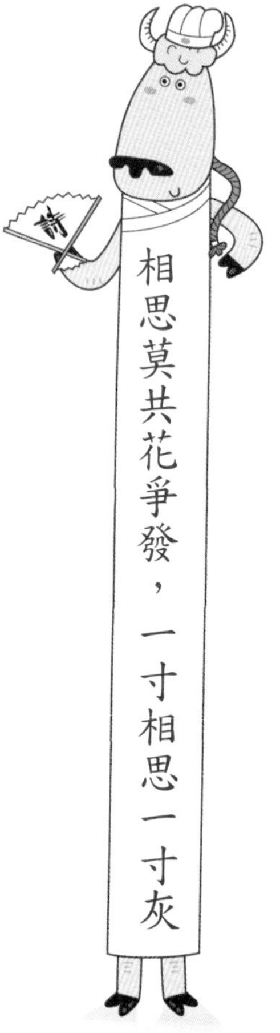

原文

颯颯[1]東風細雨來，芙蓉塘外有輕雷。
金蟾[2]嚙[3]鎖燒香入，玉虎[4]牽絲[5]汲井回。
賈氏窺簾韓掾[6]少，宓妃留枕魏王才。
相思莫共花爭發，一寸相思一寸灰。

（無題二首之二／唐朝・李商隱）

解釋

1. 颯颯：形容風吹動的聲響。
2. 金蟾：古時候的香爐，鼻紐上常飾有金蟾蜍。
3. 嚙：音ㄋㄧㄝˋ，咬。今常寫作「齧」。
4. 玉虎：井上用來汲水的絞盤，也就是「轆轤」。
5. 絲：指繫著桶子的繩索。
6. 韓掾：掾，音ㄩㄢˋ。指晉朝韓壽，是當時的美男子。

譯文

颯颯的東風伴隨綿綿細雨吹來，盛開著芙蓉花的池塘外響起了雷聲。金蟾鼻紐的香爐裡煙霧裊裊，井水從像虎口的轆轤中汲出。韓掾因為長得俊秀瀟灑，使得賈充的女兒忍不住躲在簾後偷看，宓妃因為仰慕魏王的才華，所以故意留下枕頭當作定情物。相思之情最好不要爭著和花朵一樣盛開，因為每一分、每一寸的相思都容易讓年華逐漸蒼老。

賞析

「颯颯東風細雨來，芙蓉塘外有輕雷。金蟾嚙鎖燒香入，玉虎牽絲汲井回」，是詩人以天氣和景物來暗喻自己為情所苦。「相思莫共花爭發，一寸相思一寸灰」，以「轉化修辭」法來表達相思的無奈和痛苦。

範文

留住歡喜的回憶

起頭技巧：往事回憶法

當臺上司儀用哀悽的聲調高聲朗誦著祭文時，臺下淚水潰決的我，只能不斷回憶與您相處的點點滴滴，來撐持著空虛的軀殼。

與您初始的連結，是一條如彎曲麵條般的臍帶。名喚「素麵」的您，常自嘲名字不登大雅之堂，殊不知平凡的麵條，卻往往是佳肴美饌的基底，就如向來自認平凡的您，一直是我心中最不平凡的母親。

出生在暑假的我，生日總容易被大家淡忘，唯獨您不論多累、多忙，總記得在那一天，為我

作文撇步

「淚水潰堤」、「不斷回憶與您相處的點點滴滴，來撐持著空虛的軀殼」，這兩句是應用「誇飾修辭」法，前者強調悲傷，眼淚流不止；後者藉由回憶來撐持軀殼，強調思念之深。「是一條如彎曲麵條般的臍帶」，只要句中有出現「如、若、像、好比、彷彿……」，都屬「譬喻修辭」法中的「明喻」。「向來自認平凡的您，一直是我心中最不平

拌上一碗香氣飽滿的麵線。而那被香油裝飾得晶瑩透亮的美味，隨著您的辭世，從此成為絕響。

海鮮麵，是您對生病的我最大的寵溺。清甜的食材，滑嫩順口的麵條，讓食欲不振的我胃口大開。試問下次生病，我又該去哪裡找相同的美味呢？

母親，請原諒我曾應允您不哭泣，若說「相思莫共花爭發，一寸相思一寸灰」，那對您的思念，恐怕會把我碾成比灰更細碎千萬倍的微塵啊！

別了！我的母親。我會努力在您逝去的哀慟中，留住歡喜的回憶；也一定不會辜負您的期待，活出精采的人生。

凡的母親」、「我會努力在您逝去的哀慟中，留住歡喜的回憶」，均屬「映襯修辭」法中的「對襯」。「那對您的思念，恐怕會把我碾成比灰更細碎千萬倍的微塵啊」，則以「誇飾修辭」法，表達強烈的傷痛。

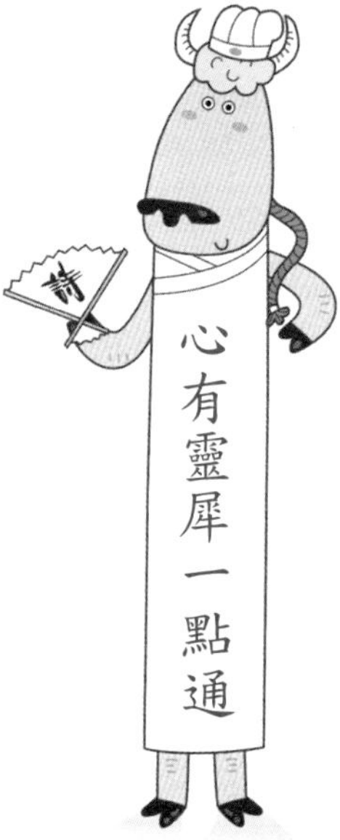

原文

昨夜星辰昨夜風，畫樓西畔桂堂東。
身無彩鳳雙飛翼，心有靈犀一點通。
隔座送鉤[1]春酒暖，分曹射覆[2]蠟燈紅。
嗟余聽鼓應官[3]去，走馬蘭臺[4]類轉蓬。

（無題／唐朝・李商隱）

解釋

1. 送鉤：古時的遊戲，參與者將握鉤藏在某人手中，讓人猜，猜錯者要罰喝酒。
2. 射覆：猜物品的遊戲，把東西放在碗下，蓋住，叫人猜測。
3. 應官：指臣子上朝。
4. 蘭臺：泛指宮廷藏書的地方。唐朝時是負責掌管朝廷書籍的官。

譯文

昨晚在星光燦爛與涼風吹拂下，我們在畫樓西邊、桂堂東畔舉行酒筵。雖然我們沒有像彩鳳一般的羽翼能夠比翼雙飛，但是彼此的心就像靈犀一樣，可以息息相通。我們隔著座位玩著猜鉤嬉戲，並對飲春酒暖心，在燭光搖曳的廳堂中，我們一邊喝酒一邊分組玩行酒令的遊戲。唉！聽到五更鼓的聲響了，我也應該準備上朝，騎著快馬趕到收藏典籍的蘭臺，不禁感嘆自己就像隨風飄轉的蓬蒿般。

賞析

本首詩的前四句是回憶夜晚幽會的歡樂。「身無彩鳳雙飛翼，心有靈犀一點通」，是歌詠愛情的名句，詩中使用的比喻巧妙而貼切。五六句則抒寫詩人和心愛女子在夜宴上，彼此暗遞情思的行為。末二句在惜別的情感中，流露了對自己身世飄零的慨嘆。

範文

父親節的禮物

起頭技巧：光陰紀錄法

下星期就是父親節了。平日爸爸為了家人，拚命工作，省吃儉用，我和姊姊決定各自想點子，要給爸爸過個永生難忘的父親節，表示對他的愛意和感激。

長久以來，爸爸都扮演著「專屬司機」兼「提款機」的角色。當業務主管的他，常謔稱自己最常跑的是「家務」——舉凡女兒忘了帶課本、去同學家玩、臨時身體不舒服須就醫等，他絕對是「一通電話，立即到校」。同學們很羨慕我有一個「7-11 爸爸」，既貼心又全年無休。

作文撇步

「專屬司機」、「提款機」、「7-11 爸爸」，都是用來形容爸爸疼愛子女的心，每天接送子女上下學、供應學費、生活費等、二十四小時都為子女提供服務。「7-11」一詞，本指二十四小時無休的便利商店，這裡用來借代，稱全年無休的爸爸。「一通電話，立即到校」，雖有誇大意味，卻表達了父母對子女的關愛。「吃米不知米價」一句，是援無怨無悔的爸爸有時也會感慨為了女兒，他和媽媽好久沒有共享浪漫的兩人世界。因此，我決定今年的父親節禮物，為爸媽安排浪漫的燭光晚餐。

向來「吃米不知米價」的我，打電話去餐廳詢價後，嘖嘖！才知道一人份的法國大餐竟然要三千元起跳。怎麼辦？我頂多能夠付一個人的費用。

正當我愁眉苦臉時，姊姊來找我商量，原來她也想請爸媽吃法國大餐，卻因錢不夠，打算和我合併出錢。

啊！果真是「心有靈犀一點通」。當天，我和姊姊各自拿出三千元，請爸媽去餐廳，在浪漫的燭光下，享受法國料理的美味和品嘗兒女的孝心。

引閩南俗諺，屬「引用修辭」法。「嘖嘖」是狀聲詞，又叫擬聲詞、象聲詞，用來形容咂嘴（用舌尖抵住上顎突然發出吸氣聲）的聲音。「品嘗兒女的孝心」，是將抽象的孝心形象化，屬「轉化修辭」法中的「擬虛為實」。

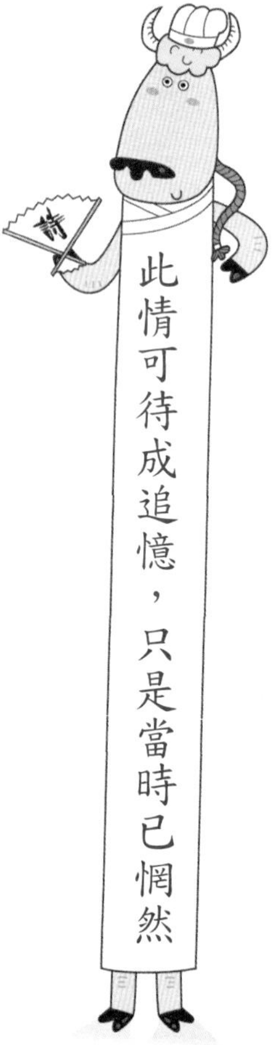

原文

錦瑟無端[1]五十絃，一絃一柱[2]思華年。
莊生曉夢迷蝴蝶，望帝春心託杜鵑。
滄海月明珠有淚，藍田[3]日暖玉生煙。
此情可待成追憶，只是當時已惘然[4]。

（錦瑟／唐朝・李商隱）

解釋

1. 無端：沒有理由。
2. 柱：弦柱，絲弦樂器上的小木柱，用來盤繞弦絲，使其不脫落。
3. 藍田：位於陝西省，相傳此地以出產美玉聞名。
4. 惘然：惘悵的樣子。

賞析

這首詩充分表達了詩人對自己坎坷的一生，所發出的嘆息。詩中以古人莊周、望帝的

譯文

錦瑟呀！你為什麼有五十根弦呢？一弦一音都讓我憶起了自己美好的青春歲月。我的一生就像莊周夢見自己化身成蝴蝶，對人生如夢感到迷惘；也像古時的望帝死後化身為杜鵑鳥，在淒涼的啼聲中寄託對傷春的哀情。大海明月高照，傳說中的鮫人落下的眼淚會化成珍珠，有如我的傷痛；往日美好的回憶也早已煙消雲散，就像在暖和的陽光下，藍田玉山飄散的朦朧煙霧。這種種哀戚之情並非現在回憶起來才油然而生，其實早在事發當時就已經令人唏噓感嘆了。

典故，以及藉由傳說中鮫人的眼淚，和藍田玉山的煙霧來透露心中的悲傷。「此情可待成追憶，只是當時已惘然」，更成為千古名句，為世人傳誦。

範文

最難忘的一場雨

起頭技巧：實際舉例法

氣象新聞報導明天會有鋒面經過，全省下大雨的機率是百分百。每每下雨天，我的思緒就會開始倒帶……

那天窗外的雨，已經悲傷了一個下午，由初時的抽抽噎噎，到之後的涕泗縱橫，以至於現在的放肆號哭。受到它的感染，我的心也陰鬱了起來，逐漸烏雲籠罩，心底也下起了雨。

回家路上，我手上那把小小的傘，很快的在大大的雨勢中敗下陣來，不過幾分鐘，全身已帶溼氣。更禍不單行的是，一輛急駛的轎車濺起了

作文撇步

從作文題目是「最難忘的一場雨」來解讀，可判斷是曾經歷的下雨天中，令自己印象最深刻的，所以要寫以前的經驗和感受。「我的思緒就會開始倒帶」、「那天窗外的雨，已經悲傷了一個下午，由初時的抽抽噎噎，到之後的涕泗縱橫，以至於現在的放肆號哭」、「我的心也陰鬱了起來，逐漸烏雲籠罩，心底也下起了雨」，上述文句均屬「轉

水花，將路上的行潦悉數往我身上澆淋，一時之間，我難以辨認臉上究竟是淚水或雨水。

「既然全溼了，就盡情的玩吧！」猛然回頭，是一個和我同病相憐的受害者。他臉上的笑容，似豔陽般驅離了我心頭的陰霾，我倆發狂似的踏著積水，隨著狂放的笑聲、四濺的水花，纏繞心頭的惱火，也逐漸的熄滅。

這是我記憶中最深刻、最難忘、最回味的一場雨，雖說「此情可待成追憶，只是當時已惘然」，每當天空下起滴滴答答的雨時，我會不自覺的憶起那個擁有陽光般笑臉的男孩……

化修辭」法。第一句是「擬虛為實」，寫抽象的思緒會像錄影帶般倒帶；第二句把無生命的雨擬人化，也會哭泣；第三句把心當作物來描述，說會下雨。「小小的傘」對比「大大的雨勢」，是「映襯修辭」法。「他臉上的笑容，似豔陽般驅走了我心頭的陰霾」，兼有「譬喻」和「轉化」修辭法。

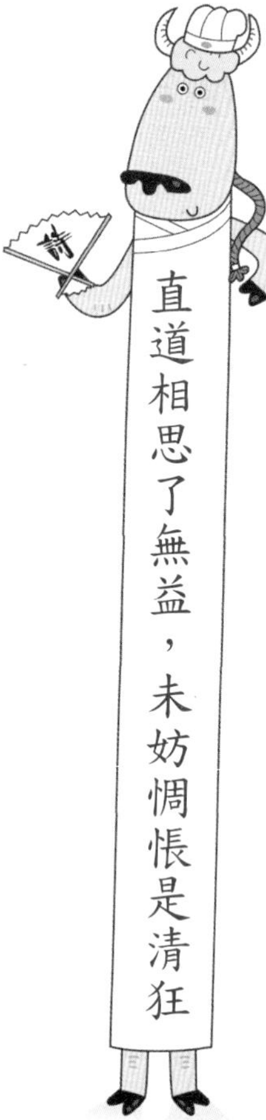

原文

重帷深下莫愁堂[1]，臥後清宵細細長。
神女生涯原是夢，小姑居處本無郎。
風波[2]不信菱枝弱，月露誰教桂葉香。
直道相思了[3]無益，未妨惆悵是清狂[4]。

（無題／唐朝・李商隱）

解釋

1. 莫愁堂：泛指少女居住的地方。
2. 風波：借指遭到挫折和打擊。
3. 了：音ㄌㄧㄠˇ，完全，多用於否定義。
4. 清狂：痴迷多情的意思。

賞析

這是一首誠摯的愛情詩。作者藉由情感路上曾受挫的女子，來表現對追求愛情的執

譯文

深閨少女幽居的地方，低垂著重重的簾幕。清冷的夜晚，她愁悶的躺在床上，覺得長夜漫漫。巫山神女和楚王歡會，原只是空幻的夢境，小姑獨處的地方本來就沒有可託芳心的情郎。菱枝是多麼的柔弱，為什麼偏偏遭到狂風的摧折。桂葉擁有芬芳的資質，可惜沒有月下露水來潤澤。明知相思沒有好處，也得不到回報，我卻寧可痴情一生，也不計較會換來一輩子的悲苦失意。

著、痴狂，這種帶有單相思的意味，更顯淒美。「直道相思了無益，未妨惆悵是清狂」，塑造出痴情女無怨無悔，令人動容的形象。

範文

黎明前的黑夜

起頭技巧：如果假設法

如果逃避是一種懦弱，可不可以允許我暫時不要勇敢？如果哭泣是一種退縮，可不可以不要逼我此刻一定要積極？如果放手才是一種明智的抉擇，可不可以容許我暫時處於愚昧的狀態？

「直道相思了無益，未妨惆悵是清狂」，寄情於已離去的人，是因為傷痛太深，是因為用情太真。所以縱然經歷了一年又一年的時光淘洗，但是心裡仍不免有著淺淺的惆悵和鏤刻在深處的思念印記。

我知道，當心中的那個人選擇離開，就應該

作文撇步

「如果逃避是一種懦弱，可不可以允許我暫時不要勇敢？如果哭泣是一種退縮，可不可以不要逼我此刻一定要積極？如果放手才是一種明智的抉擇，可不可以容許我暫時處於愚昧的狀態」，這段文字是應用「排比修辭」法，字數差不多，訴求相同想法，寫來鏗鏘有力。「所以縱然經歷了一年又一年的時光淘洗，但是心裡仍不免有著淺淺的惆悵和鏤放手，讓曾經的美好變為曾經；我知道，當過往的美好褪色，是上天給我另外一次機會，檢視自己的人生，思索自己應該如何走下一步。但是，此刻我沒有積極奮發、努力向上的勇氣，我只能靜靜的，讓自己學著平靜，讓自己學習沉澱。

生命如果一定要悲喜交雜，那麼我此刻的痛苦，正是因為往日太美好所促成的傷感。我會細細的檢視過往，品味那些快樂的源頭，反省那些痛苦的理由、挫敗的原因。當我有能力再次展現笑容，我的笑，將會是最真誠的美好。

黎明前的黑夜，是為了迎接燦爛的陽光，有一天，我會再找到自己的藍天。

刻在深處的思念印記」，這段話是應用「轉化修辭」法。「此刻的痛」對比「往日太美好」，是「映襯修辭」法中的「對襯」。「找到自己的藍天」，也屬「轉化修辭」法，指遠離陰霾，覓得人生方向。

原文

相見時難別亦難，東風[1]無力百花殘。
春蠶到死絲方盡，蠟炬成灰淚始乾。
曉鏡但愁雲鬢改，夜吟應覺月光寒。
蓬萊[2]此去無多路，青鳥[3]殷勤為探看。

（無題／唐朝・李商隱）

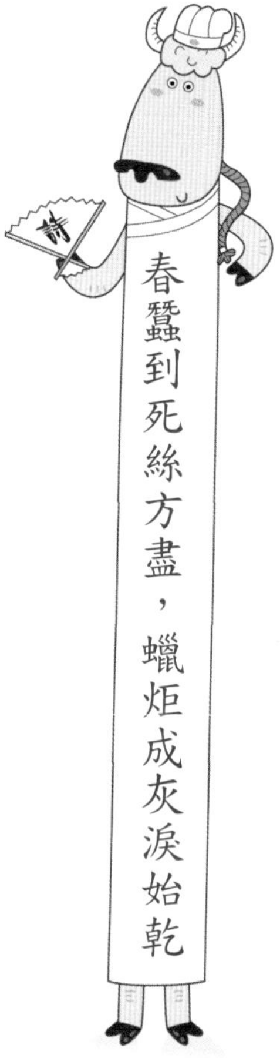

解釋

1. 東風：即春風。
2. 蓬萊：即蓬萊山，古傳說中位於海上的仙山，此藉喻為對方居住的地方。
3. 青鳥：神話故事中西王母的信使，後也泛指送信的人。

賞析

這首詩是抒寫對情人執著的愛意和綿長的情思。「東風無力百花殘」，是藉著描摹殘敗的暮春景致來襯托離愁。

譯文

相見的機緣很難得，分開時更覺難分難捨，連東風都感柔弱無力，百花也傷心的紛紛凋謝。春蠶直到生命結束時才會停止吐絲，蠟燭燃盡成灰後，如淚的燭油才會停止滴落。清晨時，你對著鏡子梳妝，生怕烏黑的鬢髮即將花白，夜裡你在月光下吟誦詩句，一定感到絲絲寒意。此地到蓬萊山路途並不遙遠，希望傳信的青鳥，能替我向你殷勤的探問，訴說我的相思之情。

「春蠶到死絲方盡，蠟炬成灰淚始乾」，是千古流傳的情詩，其中，蠶絲的「絲」和相思的「思」同音，是雙關語的應用。詩中以「燭油」比擬作「眼淚」，充滿了淒清之美。

範文

如果思念是……

起頭技巧：如果假設法

如果思念是大海，我對您的思念將是一輩子也走不到盡頭的汪洋；如果思念是芳草，我對您的思念就是一望無際的廣袤草原；如果思念是文字，我對您的思念會是三生三世也寫不完的綿綿書信。

曾經，我是完全不相信「春蠶到死絲方盡，蠟炬成灰淚始乾」，那種糾結一世的情感，我總覺得，所有的情感終將隨著時間淡去，沒有任何人、任何事是不可取代的，直到，我失去了您。

粽葉飄香的季節裡，我彷彿又可嗅到您翻炒

作文撇步

「如果思念是……」，作文題目是假設句，沒有標準答案，適合天馬行空的發揮，但主角是「思念」，應朝抒情文來鋪述，不宜寫成記敘文或論說文。

「如果思念是大海……我對您的思念會是三生三世也寫不完的綿綿書信」，是應用「排比」、「譬喻」、「誇飾」修辭法，表達對母親永無止盡的想念。「粽葉飄香的季餡料時，廚房裡久久不散的香氣；身體不適的日子中，我依稀能感受到您輕撫我胸口的溫柔掌心；家人團聚時，我好似能聽見您迴盪在空氣中的爽朗笑聲；代表畢業生領獎時，我彷若能見到您眼中的肯定神情。儘管，您已辭世多年，我對您的思念，卻絲毫不曾損減。

您始終不曾遠去，多年來一直環繞在我心頭。當您閉上眼的那一刻，我們之間便沒有任何距離，因為，您幻化成空氣，無所不在的呵護著我，喜、怒、哀、樂，都伴隨著我，支持著我，就像您活著時那樣。

今夜星光燦爛，我佇立在星空下遙想您，親愛的母親，您也在思念我嗎？

節裡……我彷若能見到您眼中的肯定神情」，屬「排比修辭」法。「您幻化成空氣，無所不在的呵護著我」，將人擬作空氣，屬「轉化修辭」法中的「擬人為物」。「您也在思念我嗎」，以沒有回答的反問作結，是「設問修辭」法的應用。

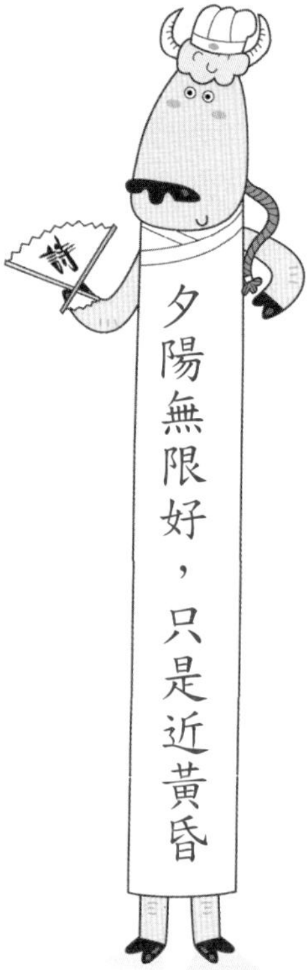

原文

向晚[1]意不適，驅車[2]登古原[3]。

夕陽無限好，只是近黃昏。

（登樂遊原／唐朝・李商隱）

解釋

1.向晚：即傍晚。

2.驅車：乘著馬車。驅：駕馭或乘坐車輛。

3.古原：即樂遊原，在長安城外，為當時的名勝。

賞析

自古詠黃昏的詩句，以李商隱的「夕陽無限好，只是近黃昏」最為人琅琅上口。「無限好」是詠夕陽的美好，也是借喻對生命的熱愛和追求，然

譯文

傍晚時，心情很鬱悶，於是駕著馬車登上樂遊原。夕陽下景致無限美好，可惜已經臨近日落時分，很快就要消失了。

而詩人無力挽留美好的景物，所以筆鋒一轉，慨嘆的寫道：「只是近黃昏」。「只是」一詞，充滿了無奈和惋惜；「近黃昏」一語，更平添悵然之情。

範文

夏日傍晚

起頭技巧：魔法變身法

陽光男孩穿著火球裝，活力四射的躍上天空舞臺，盡情的飆舞、散發青春熱力後，終於也累了，倦了，癱了。此時，薩斯克風手——微風輕柔的吹奏著「風之曲」，那音符摟著空氣跳起雙人舞，人們也感受到一股輕涼，一股溫馨，一股浪漫，在夏日的傍晚。

我，輕踩著夏日傍晚的溫柔回家。一路上，心情是從容的、輕鬆的，和早上匆忙的、緊張的相比，有如天壤之別。

夏日傍晚，可以悠哉的瀏覽一路的景致：水

作文撇步

「陽光男孩穿著火球裝，活力四射的躍上天空舞臺，盡情的飆舞、散發青春熱力」，將高掛天際的太陽，寫成是在天空舞臺上熱舞的陽光男孩，是運用「轉化修辭」法。「累了，倦了，癱了」、「一股輕涼，一股溫馨，一股浪漫」，以上「了」、「一股」分別隔句連續使用，屬「類疊修辭」法中的「類字」。「薩斯克風手——微風輕柔的吹奏著『風果攤的橘子被西瓜取代了；鳳凰樹開始冒出豔紅的花朵；被「理光頭」的羊蹄甲，枝葉變茂密了；熱呼呼的仙草冰功成身退，改由「凍人」的剉冰出鋒頭……

晚餐後，夕陽的餘暉還依戀著暮空，這時候，最適合外出散步、運動。猛一抬頭，便可見到天際被染成胭紅色。若夠幸運，還能欣賞到彩霞表演拿手魔術：將雲彩從橘紅、暈黃慢慢的變成藕紫、鐵灰，最後逐漸變黑……任你看過十遍，百遍，千遍也不厭倦，難怪詩人有「夕陽無限好，只是近黃昏」的喟嘆。

對我來說，夏日傍晚是享受輕鬆，抒解壓力的時間，那份溫柔和體恤常縈繞在我腦海，飄盪在我心頭，迴旋在我夢中……

之曲』，那音符摟著空氣跳起雙人舞」、「被『理光頭』的羊蹄甲」、「彩霞表演拿手魔術」、「那份溫柔和體恤常縈繞在我腦海，飄盪在我心頭，迴旋在我夢中」，上述第一、二句都把人當作物來描述，屬「轉化修辭」法中的「擬人為物」；第三句把抽象的事物形象化，屬「轉化修辭」法中的「擬虛為實」。

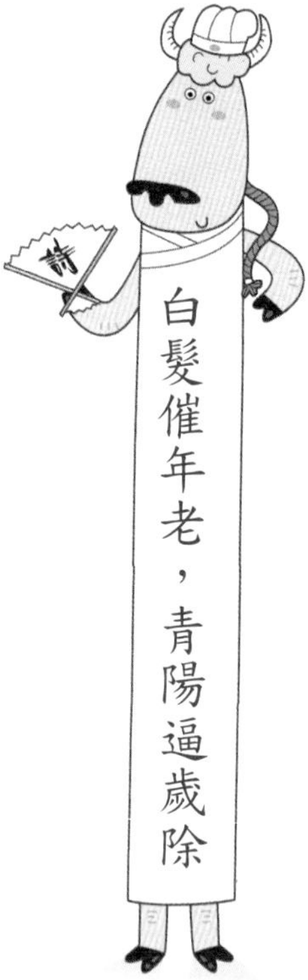

原文

北闕[1]休上書，南山歸敝廬[2]。
不才明主棄，多病故人疏。
白髮催年老，青陽[3]逼歲除。
永懷愁不寐，松月夜窗虛[4]。

（歲暮歸南山／唐朝・孟浩然）

解釋

1. 北闕：宮殿北面的門樓，是大臣覲見皇帝上奏章的地方。
2. 敝廬：破舊的房子。
3. 青陽：指春天。
4. 虛：空虛，指內心寂寞。

賞析

此詩旨在抒發自己不受君王器重的感嘆。「不才明主棄」，雖寫「不才」，其實是自嘆「有志難伸」。「白髮催

譯文

沒有官位，所以不必到朝廷上書，我回到終南山簡陋的屋舍。因為沒有才幹，所以不受君主重用，因為年老體弱多病，就連老朋友也漸漸和我疏離了。時光催人老去，我的頭髮轉眼就花白如霜雪，春天一來，舊的一年就被迫結束。滿懷憂愁的我，整夜都輾轉難眠，只能盯著月光，看那松影映照在空寂的窗戶上。

年老」和「青陽逼歲除」，是對偶句，意喻時光的無情，也有對往日意氣風發的留戀。因為「愁不寐」，所以「夜窗虛」，兩相呼應，營照出孤寂之情。

範文

歲月的痕跡

起頭技巧：引述名言法

「白髮催年老，青陽逼歲除」，歲月是最公平的，無論你多有權勢，多有地位，多有能力，都無法跟它要到一些些特權。

雖說如此，但是，人們總妄想能改變它的影響力，於是各種含類毒桿菌、玻尿酸、胜肽的保養品供不應求，美容診所如雨後春筍般四處林立，一時之間，彷彿歲月與人類競賽的青春戰役中，歲月已經兵敗山倒。

爺爺每回看到電視、報紙上的美容廣告，總笑笑說：「人怎麼可能永遠年輕？像我，才不在

作文撇步

首段引用唐朝詩人孟浩然的詩「白髮催年老，青陽逼歲除」，來切入主題抒寫，說歲月是最公平的，每個人都無法擁有特權。「多有權勢，多有地位，多有能力」，「多有」二字隔句重複出現，屬「類疊修辭」法中的「類字」。「卻像是大自然中最奇偉的山川橫佈在臉上」，是「譬喻修辭」法中的「明喻」，只要句中有出現「如、若、像、好比、彷

乎臉上有老人斑和皺紋呢！」的確，爺爺從來不遮掩歲月在臉上刻下的風霜，他總是笑瞇瞇的看待一切變遷。雖然滿面皺紋，卻像是大自然中最奇偉的山川橫佈在臉上，有一種獨特、震撼人的魅力。

爺爺的頭髮早已蒼蒼，蒼蒼的白髮是老天爺的禮讚，禮讚他歷經歲月的磨練。因為白髮是智慧，白髮是經驗，白髮是圓融，爺爺的經歷豐富了他的生命，在他身上，我看見白髮的活力和光采。

只要真正用心生活，充實的過著每一秒，每一分，每一小時，即使失去了青春，卻擁有年輕的心，又有什麼不好呢？

佛……」，都屬「明喻」。

「爺爺的頭髮早已蒼蒼，蒼蒼的白髮是老天爺的禮讚，禮讚他歷經歲月的磨練」，「蒼蒼」、「禮讚」分別是上一句的句首，也是下一句的句尾，這種修辭法叫「頂真修辭」法，也叫「頂真格」。「爺爺的經歷豐富了他的生命」，「豐富」由形容詞轉作動詞，這種改變詞性的寫作技巧叫「轉品修辭」法。

原文

去年花裡逢君別，今日花開又一年。
世事茫茫[1]難自料，春愁黯黯[2]獨成眠。
身多疾病思田里，邑[3]有流亡愧俸[4]錢。
聞道欲來相問訊，西樓望月幾回圓。

（寄李儋元錫／唐朝・韋應物）

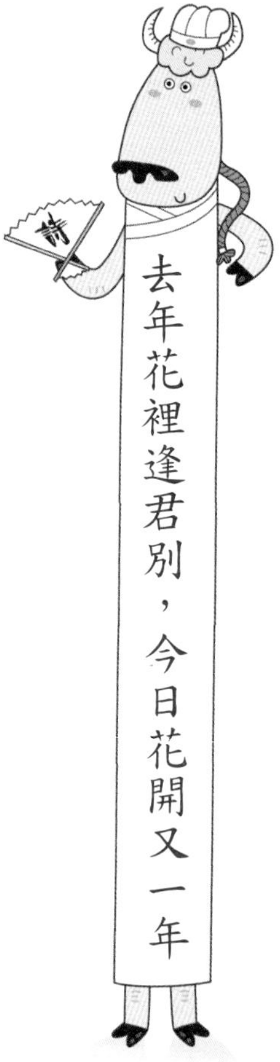

解釋

1. 茫茫：紛雜、眾多的樣子。
2. 黯黯：沮喪煩愁的樣子。
3. 邑：指詩人所管轄的滁洲。
4. 俸：官員的薪水。

賞析

這首詩既有韋應物憂傷世局紛亂，又有思念友人的情懷。「去年花裡逢君別」一句，本百花怒放之際，因是歡樂飲酒，賞花吟詩的時光，無奈卻要分別，兩相對照，更顯

譯文

去年花開時與你分別，轉眼春暖花開，我們分手倏忽已經過了一年。世間的事紛雜多變，難以預料，因為愁悶，即使在明媚的春天，我也昏昏欲睡。體弱多病的我常常思念故鄉，管轄的地區有災民，也讓我愧領薪俸。聽說你想來拜訪我，我天天在西樓等待，望著月亮，盼呀盼，心想還要再等幾次月圓，才能見到你呢？

愁悶。「茫茫」和「黯黯」屬「疊字」，用來強調世事多變和愁思難解。「身多疾病思田里，邑有流亡愧俸錢」一句，表現了詩人的仁心和自責的心情。末句的「西樓望月幾回圓」，用「月幾回圓」來流露與友人難再相聚的悲傷。

範文

花語

起頭技巧：人物對白法

「你知道菊花的花語是甚麼嗎？」「當然知道啊，菊花代表真愛，代表高潔，宋朝大文豪周敦頤先生說，菊花是花中的隱士，因為它不媚俗，不爭妍，獨自在蕭瑟的秋季裡開花……」

從小我就愛花，愛花妍麗的姿態，愛花芬芳的氣息，愛花解人心事的體貼。而自從接觸古人的詩文後，對每朵花香所能代表的意涵，更充滿了興趣，深深覺得「花語」，正蘊涵了花朵的媚力。

詩人韋應物的「去年花裡逢君別，今日花開

作文撇步

「愛花妍麗的姿態，愛花芬芳的氣息，愛花解人心事的體貼」、「愛，不會隨著時間流逝而終止，不會隨著生命結束而終止，不會隨著環境變遷而終止」，上述文句的「愛花」、「不會隨著」隔句連續使用，屬「類疊修辭」法中的「類字」，凡「類字」必屬「排比」。「那豔紅的身姿，訴說的卻是離別的苦澀」、「我在文學的藍空中，天天展又一年」，形塑了繁花盛開下的離愁。此時，我的眼前浮現花海似的金盞花，那豔紅的身姿，訴說的卻是離別的苦澀。時光轉眼消逝，愁思卻亙古長存。離愁之所以苦，是因為相聚歡樂的記憶太深，如同一片金盞花的璀璨，璀璨了多情人的青春，青春下是綿綿的思念。

讀到清朝文人龔自珍的「落紅不是無情物，化作春泥更護花」，我便想像一地凋萎的雞冠花，雞冠花代表不褪色的愛。愛，不會隨著時間流逝而終止，不會隨著生命結束而終止，不會隨著環境變遷而終止。

透過對花語的想像，我在文學的藍空中，天天展翅翱翔呢！

翅翱翔呢」，這兩句都屬「轉化修辭」法，唯不同的是，前一句將無生命的花比擬作人，後一句是把人比擬作物。「如同一片金盞花的璀璨，璀璨了多情人的青春，青春下是綿綿的思念」，屬「頂真修辭」法，也叫「頂真格」；第二句的「璀璨」由形容詞轉作動詞，叫「轉品修辭」法。

原文

獨憐幽草[1]澗[2]邊生，
上有黃鸝深樹鳴。
春潮[3]帶雨晚來急，
野渡[4]無人舟自橫[5]。

（滁州西澗／唐朝・韋應物）

解釋

1. 幽草：生長在幽深處的草叢。
2. 澗：山間的水溝。
3. 春潮：春天的潮水。
4. 野渡：指荒野地方的渡口，常是臨時性搭建，比較簡陋。
5. 橫：跟水面平行叫橫。

賞析

這首詩是描繪滁州西澗的景致，是韋應物最膾炙人口的

譯文

我獨愛那生長在幽深澗邊的草叢，濃密的樹叢裡有黃鶯鳴唱。傍晚時分，溪河夾帶著綿綿春雨，流淌得更加湍急。荒郊野外的渡口上見不到半個人影，只見一艘孤伶伶的小舟橫泊在溪流裡。

寫景作品。全詩呈現春天日落時分的美景，以及聲聲悅耳的鳥鳴，有美景，有樂音，詩意營造甚具美感。最後一句的「野渡無人舟自橫」，更成功的在美景如畫中，注入濃鬱的氛圍和一抹幽幽的閒情。

範文

換個角度看世界

起頭技巧：具體比喻法

　　照片是生活的記錄者，照片是過往回憶的保存者，照片是意象的傳遞者，照片也可以是商業的宣傳品。但是，照片可能蒙騙了你我的眼睛。

　　許許多多的書籤、信紙、月曆，出現的是斜暉映照下，在樹林散步的情侶畫面，或是「野渡無人舟自橫」的景致，也可能是腳踏車停放小店門口等，讓人感受靜謐又安祥的景象。如果仔細追究真實的情況又是如何呢？散步於樹林的情侶，可能已被蚊子叮得滿身包；野渡小船其實破舊不堪，無法搭乘；腳踏車早已不能騎，小店則乏人

作文撇步

　　「照片是生活的記錄者，照片是過往回憶的保存者，照片是意象的傳遞者」，這段話中「照片是……」隔句接連出現，屬「類疊修辭」法中的「類字」，凡「類字」必屬「排比」。「照片可能蒙騙了你我的眼睛」，把無生命的照片比擬作人，會蒙騙人們的雙眼，這種改變原本性質，化成與本質截然不同的事物，叫「轉化修辭」法。「仔細追究

光顧，門可羅雀。

記得剛進學校時，覺得校舍又老又舊，但是，看了穿堂貼的校景照片反嚇了一大跳，哪來這麼詩意的地方呀？因此決定用照片的角度去欣賞校園，才發現校園確實美麗，確實詩意，也改變了我的看法。

雖說照片呈現的畫面可能欺騙了你我，但是，其用意無非希望人們可以換個角度看世界。換個角度看世界，瞳孔所接收的影像會充滿驚豔，枯樹不再是凋萎，而是生命的淬鍊；狂風暴雨不再是天災，而是大自然的力量。

換個角度看世界，真的充滿了美麗和驚奇來！你也嘗試看看。

真實的情況又會是如何」，以提問來引起讀者的好奇，是「設問修辭」法的特色。「覺得校舍又老又舊，但是，看了穿堂貼的校景反嚇了一大跳，哪來這麼詩意的地方呀」，這句話是應用「映襯修辭」法，突顯實景與照片的差異。「來！你也嘗試看看」，當情緒激動時，把想像的人當作在眼前，向他呼喚、傾訴，這種修辭法叫「呼告修辭」法。

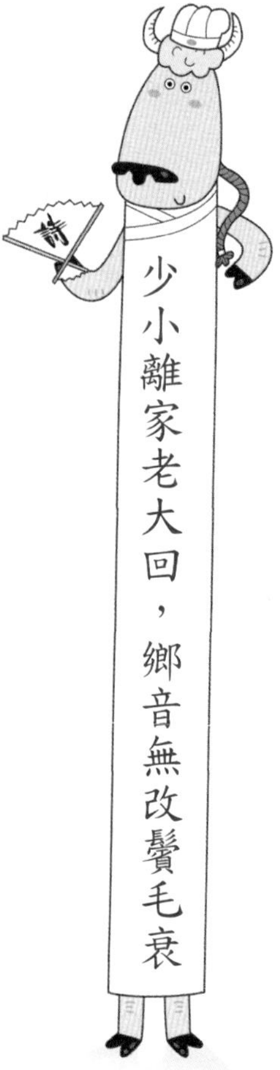

原文

少小[1]離家老大回，
鄉音無改鬢毛衰[2]。
兒童相見不相識[3]，
笑問客從何處來？

（回鄉偶書／唐朝・賀知章）

解釋

1. 少小：年幼時。少，音ㄕㄠˋ，年紀輕。
2. 衰：音ㄘㄨㄟ，由大到小依照一定的等級遞減，此指頭髮變得稀疏、花白。
3. 相識：彼此認識。相，音ㄒㄧㄤ，互相。

賞析

「鄉音無改鬢毛衰」一句，真切的流露出詩人對故鄉摯真的情感，和哀傷年歲已大

譯文

小時候我就離鄉背井，到外地生活，到了年老時，才返回故鄉。雖然我的口音沒有改變，可是我的鬢髮卻已經稀疏、花白了。家鄉的小孩子見了我當然不認識，笑嘻嘻的問，這位客人是從什麼地方來的呢？

的心緒。「兒童相見不相識，笑問客從何處來」，末二句藉由孩童天真的發問，刻畫出人事的滄桑和無奈。

範文

一條街道

起頭技巧：顛倒順序法

街旁的大樓不再高聳，小販的叫賣聲不復清亮，路旁的草叢也沒了蹤影，走在熟悉的街道上，熟悉的街道卻顯得如此陌生。

大樓不再高聳，是因為十年的光陰讓我長高不少；叫賣聲不復清亮，是因為歲月在小販的聲音裡刻下了印記；草叢沒了蹤影，是因為被一幢幢的建築物所取代。相隔十年後，我再回到童年生長的地方，雖稱不上「少小離家老大回，鄉音無改鬢毛衰」，卻頗能感受詩人當時百感交集的心境。

作文撇步

「草叢裡跳躍的蚱蜢；花朵間翩翩的蝴蝶；飢腸轆轆時，那一碗甜滋滋，香噴噴的熱豆花」，以上這段話兼用了「視覺」和「味覺」摹寫，把眼睛所看到的，嘴巴所嘗到的，用文字描述出來，這種修辭叫「摹寫修辭」法。「翩翩、轆轆、滋滋、噴噴」，均屬「類疊修辭」法中的「疊字」。「那段美好的時光一幕幕的在我腦海中播放」、「記草叢裡跳躍的蚱蜢；花朵間翩翩的蝴蝶；飢腸轆轆時，那一碗甜滋滋，香噴噴的熱豆花；放學後，和三五好友在巷道裡玩「跳格子」、「紅綠燈」、「官兵捉強盜」……那段美好的時光一幕幕的在我腦海中播放。然而，在不停的倒帶之餘，醞釀所有故事的那條街道，如今只能在夢魂間回味。

記憶是一流的化妝師，能將平凡幻化成出色。這條刻畫著我童年的街道，在記憶化妝師的巧思下，變成了腦海中絕美的景致。絕美，是因為烙印在身上的記憶是美麗的，美麗的風情，美麗的小吃，美麗的童年……

我咀嚼著過去的美好，然後，轉身，準備尋找下一條記憶的街道……

憶是一流的化妝師」，屬「轉化修辭」法，前者是「擬人為物」，後著是「擬物為人」。「美麗的風情，美麗的小吃，美麗的童年」，這段話中「美麗的」隔句反覆使用，屬「類疊修辭」法中的「類字」，凡「類字」一定是「排比」。

原文

多少恨，昨夜夢魂中。
還似舊時游上苑[1]，
車如流水馬如龍[2]。
花月正春風。

（望江南／五代．李煜）

解釋

1. 游上苑：到上苑遊玩。游，也作「遊」，閒逛。苑，音ㄩㄢˋ，上苑，即上林苑，是古時帝王的園林，供其遊玩賞心。
2. 車如流水馬如龍：即「車水馬龍」，形容來來往往的馬車絡繹不絕。

賞析

這闕詞是李後主降北宋後，思念故國所作。首句雖自

譯文

到底心中還有多少國仇家恨，縈繞在昨晚的夢境裡。夢裡的自己彷彿還優游於皇家的園林，隨行的車馬如流水般，一輛接一輛，那綿延的車隊看起來像是一條長龍。此時，我沉醉在徐徐的春風中，白天，恣情欣賞百花盛開的美麗，夜晚，則有皎潔的月光相伴。

問「多少恨」，其實喻意恨太多，所以數不盡。詞裡以「示現修辭」法中的「追求示現」，藉由夢境將往日的繁華重現。「車如流水馬如龍」，採「譬喻修辭」法，把來來往往的馬車比喻作流水般，一輛接一輛，綿延不絕的車隊看起來像是一條長龍。末句的「花月正春風」，是以良辰美景來反襯亡國君主心中的淒涼。

範文

塞車時間

起頭技巧：想像奔馳法

雲在天空疾馳飛奔，風和樹葉合唱著輕快的進行曲，偏偏我們的車子只能以烏龜散步的速度緩緩前進，因為——塞車了。

每到過年連假，高速公路上總出現「車如流水馬如龍」的盛況，無奈的是，車子像靜止的流水和沉睡的巨龍，動也不動。長長的車陣，宛如一條長長的繩索，緊緊的捆住每輛車子。

像這樣被捆住，想來每個人都滿腹牢騷吧！慶幸的是，我們家反而可以在沉悶的空氣中，挖掘活力四射的分子，製造出無限的歡樂，這都得

作文撇步

作文題目是「塞車時間」，首段行文以「雲在天空疾馳飛奔，風和樹葉合唱著輕快的進行曲」來營造大自然景物給人輕快的感覺，接下來筆鋒一轉，對照搭乘的車子慢慢的行駛，一輕快一緩慢，更能感受塞車時的無奈和煩躁。「車子只能以烏龜散步的速度緩緩前進」，是「誇飾修辭」法，誇大車速奇慢無比，連爬得最慢的烏龜都比車速快。

歸功於媽媽悉心準備的點心及零食，還有各項激盪腦力的遊戲。

各項遊戲中，最歷久不衰的是文字接龍。從幼稚園時期可以替換同音字，到小學中年級後不可替換，再到現在只能運用成語。腦力激盪的過程永遠像是精采刺激的尋寶之旅，也使得像成語、詩詞、名言佳句等這類的「武功祕笈」，我們都能自動的鑽研。玩累了，聽聽音樂、吃吃零食，或各自看各自的書；若眼睛倦了，倒頭睡一覺，醒來時常常已經到達目的地。

下次若你也為塞車而苦，不妨嘗試玩腦力激盪的遊戲，保證不無聊喔！

「車子像靜止的流水和沉睡的巨龍」，是應用「譬喻修辭」法，形容一長排的車子動也不動。「長長的車陣，宛如一條長長的繩索，緊緊的捆住每輛車子」，該句有「譬喻」和「轉化」修辭的技巧。「可以在沉悶的空氣中，挖掘活力四射的分子」，屬「映襯修辭」法中的「對襯」，也就是將兩種意義相反的事物並列比較。

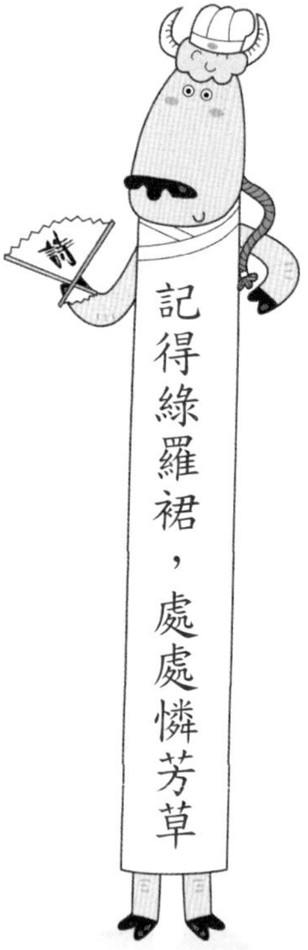

原文

春山煙欲收，天淡稀星少。
殘月[1]臉邊明，別淚臨清曉[2]。
語已多，情未了。
回首猶重道，
記得綠羅裙[3]，處處憐芳草[4]。

（生查子／五代・牛希濟）

解釋

1. 殘月：指天快亮時，即將隱沒的月亮。
2. 清曉：黎明，天色剛亮時。
3. 綠羅裙：綠色衣裙。此借喻為女子。
4. 芳草：本指香草，此隱喻為女子。

賞析

「天淡」、「稀星少」、「殘月」是用來陪襯離別的愁緒。「語已多」對比「情未

譯文

暖春的黎明，山裡白茫茫的煙霧逐漸飄散，天空露出魚肚白，晨星也愈來愈黯淡疏稀。我倆即將分離，西斜的月光照亮了你的臉龐，才發現滴滴淚珠猶掛在臉上，形成一道道淚痕。道別珍重的話已說了一遍又一遍，還是難以道盡綿綿的情意。你心酸的轉身要離去，卻又不捨的回頭說：「當郎君日後看到青翠的香草時，要格外憐惜，因為那碧綠的顏色和我穿的綠衣裙一樣呀！」

了」，透露出相愛的兩人徹夜耳語，卻訴不盡彼此的濃情。「回首」和「猶重道」，將女子對情郎的不捨展現無遺。「綠羅裙」和「芳草」都是用來借喻女子。「記」、「憐」二字，是女子擔心情郎忘了自己，所以再次的叮嚀。

範文

一條裙子的故事

起頭技巧：建立疑問法

你聽過關於一條裙子的故事嗎？故事的主人翁是一條翠綠的裙子，鮮綠的色彩在陽光下閃耀著光芒，像是走在星光大道上的超級巨星；鮮綠的色澤在微風細雨中，隨著輕風旋轉，伴著雨絲跳舞，像是活躍在舞臺上的芭蕾明星……裙子穿在花樣年華的少女身上，彷彿穿出了綠色的生命，舞出了綠色的旋律。

少女很珍惜這條綠得耀眼的裙子，她和裙子成了促膝長談的好朋友，看見她就能看見綠色裙子；看見綠色裙子就能看見少女。古時多情的詞

作文撇步

「鮮綠的色彩在陽光下閃耀著光芒，像是走在星光大道上的超級巨星；鮮綠的色澤在微風細雨中，隨著輕風旋轉，伴著雨絲跳舞，像是活躍在舞臺上的芭蕾明星……」，上述兼有「排比」和「轉化」修辭法。「看見她就能看見綠色裙子；看見綠色裙子就能看見少女」，以上句子上下兩句的詞彙差不多，但是詞序恰恰相反，這種修辭法叫「回文修

人有著「記得綠羅裙，處處憐芳草」的依戀，而任誰看見那鮮綠的裙子和天真的少女，愛憐之情也不禁油然而生。這條裙子博得了眾人依戀的眼光。

一天又一天，一季又一季，一年又一年，少女不再愛穿這條裙子了。某個週末，天空飄灑著惆悵的細雨，伴隨著細雨的是帶給人憧憬的陽光，少女將綠色裙子連同其他舊衣服，丟入二手衣回收箱。

裙子沒有號啕大哭，雖然心裡的淚珠成串成串的纏繞了全身。她耐心的等待重生的幸福。幾天後，鮮綠的裙子被一個少女穿在身上，那是回收資源的老婦人送給孫女的生日禮物，少女笑得燦爛，鮮綠的裙子笑得一臉幸福⋯⋯

辭」法。「一天又一天，一季又一季，一年又一年」，屬「層遞修辭」法中的「遞升」。「惆悵的細雨」對比「憧憬的陽光」，為「映襯修辭」法中的「對襯」。「心裡的淚珠成串成串的纏繞了全身」，所謂「心裡的淚珠」是指悲傷的情緒，將無形的悲傷化作有形的淚珠纏繞全身，這種寫作技巧為「轉化修辭」法中的「擬虛為實」。

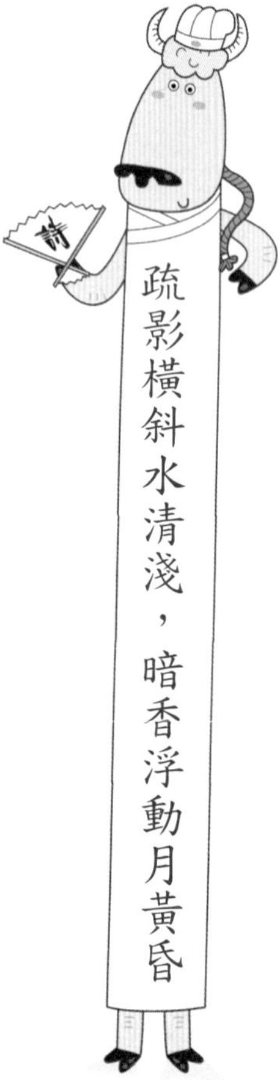

原文

眾芳搖落獨喧妍[1]，占盡風情向小園。
疏影橫斜水清淺，暗香浮動月黃昏。
霜禽[2]欲下先偷眼，粉蝶如知合斷魂。
幸有微吟可相狎[3]，不須檀板[4]共金樽[5]。

（山園小梅／北宋・林逋）

解釋

1. 喧妍：紛紛呈現美麗的姿態。喧：熱鬧。妍，音ㄧㄢˊ，美好。
2. 霜禽：一種冬天常見的鳥，也有人說是鶴。
3. 狎：音ㄒㄧㄚˊ，作伴。
4. 檀板：以檀木製成，用來打節拍的板子。檀，音ㄊㄢˊ，檀木。板：拍板。
5. 樽：音ㄗㄨㄣ，古代盛酒的器皿。

譯文

在群花凋零的寒冬，只有梅花獨自綻放妍麗的姿容，在這不起眼的園子裡，所有的風光都被冬梅的丰姿獨占。梅枝扶疏的倒影橫斜在清澈的水面上，花朵的幽香，在黃昏時的月光下飄散著。霜禽還沒有來得及飛下，就情不自禁的先偷窺梅花的美，粉蝶如能飛舞其間，也會為梅花的美麗而痴迷。我多麼幸運呀！能吟詩誦著詩詞與梅花親近，而不是以歌舞和美酒來助興。

賞析

這是一首詠梅詩。「眾芳搖落獨喧妍」，是欣賞梅的脫俗，寧可在嚴冬展現風華，有不畏惡勢力的寓意。「疏影橫斜水清淺，暗香浮動月黃昏」，是以如詩如畫的筆調來歌詠梅。「霜禽欲下先偷眼，粉蝶如知合斷魂」二句，是運用「誇飾修辭」法來強調梅的美。「幸有微吟可相狎」，表示要以高雅的方式來賞梅。

範文

我最喜歡的植物

起頭技巧：直述原因法

在西洋插花藝術中被稱為「百搭」的滿天星，是我最喜歡的植物。或許是因為它被用來搭配各種不同類型的花朵時，總能既華美了主角，又可以適時展現自己的清雅可愛，且不失去自己的風格。

在一般人的心目中，滿天星既沒有像玫瑰一樣，有美好愛情的象徵意義，也不像菊花一樣，有陶淵明為它的高潔背書，更不若「疏影橫斜水清淺，暗香浮動月黃昏」的梅花般，不但有林逋為它作傳世不絕的詩句，還被視為「國花」，有

作文撇步

首段即針對作文題目，表達自己最喜歡什麼植物，並敘述原因，迅速的掌握了主題。「總能既華美了主角」中的「華美」，由形容詞改作動詞，這種改變詞性的寫作修辭法叫「轉品修辭」法。「不與繁花爭豔的」對比「獲得了最多的表現機會」，前者不爭，後者想爭取更多，把兩種不同的事物作比較，屬「映襯修辭」法中的「對襯」。文中援

著無與倫比的超然地位。嬌小玲瓏的滿天星，永遠是靜靜的、克盡職責的扮演著配角的角色。然而，從不與繁花爭豔的性格，卻讓它獲得了最多的表現機會。每次看到它，我就不免想起老子所說的「無為而無不為」，看似無所作為的滿天星，不也正因為涵容一切的性格，而有了最多的作為嗎？

人生不也如此嗎？永遠想當主角，永遠不肯低頭的人，雖然可能是人生舞台上最耀眼的明星，但是一旦挫敗，失落感也一定比他人更深更重。

花中的滿天星和天上的滿天星，個別看都不起眼，聚在一起時，卻能讓花束綻放最美的芳華，天空展現最耀眼的美麗。人，是否也該學習這種精神？我想答案一定是肯定的。

引老子的話：「無為而無不為」，是「引用修辭」法中的「明引」，也就是清楚交代引用的出處，以名句來印證論點。「花中的滿天星和天上的滿天星，個別看都不起眼，聚在一起時，卻能讓花束綻放最美的芳華，天空展現最耀眼的美麗。人，是否也該學習這種精神」，末句雖然提出問題，卻是為了提起下文而發問，答案就在問題的後面，這種修辭法屬「設問修辭」法中的「提問」。

雲破月來花弄影

原文

水調數聲持酒聽，午醉醒來愁未醒。
送春春去幾時回？臨晚鏡，傷流景[1]，
往事後期空記省[2]。
沙上並禽池上暝，雲破月來花弄影[3]。
重重簾幕密遮燈，風不定，人初靜，
明日落紅應滿徑[4]。

（天仙子／北宋・張先）

解釋

1. 流景：流逝的時光。
2. 記省：回憶。省，音ㄒㄧㄥˇ，記得。
3. 弄影：指物體晃動，其影子也跟著搖晃。
4. 徑：狹窄的道路。

賞析

從詞中可一窺詞人惜花惜春、感嘆年華似流水，以及別離的愁緒。「愁未醒」、「春去幾時回」、「傷流景」，以

譯文

我一邊喝酒，一邊聆聽〈水調〉歌曲，正午時因喝醉了而沉睡，現在酒意已醒，無奈愁緒仍占據心頭。送別了春天，卻不知春天幾時會再回來？黃昏時攬鏡自照，感傷時光飛逝如流水，想起過往的歡樂，日後的約定，只是徒增我的回憶罷了。一眼望去，水池上的暮色昏暗，沙岸邊的水鳥雙雙相依偎，月亮穿破雲層，花影婆娑搖曳。層層簾幕密密的將燭光遮住，風呼呼的吹，人聲剛寂靜下來，明日，那凋零的紅花想必又會堆滿小徑了。

上詞句充滿了感傷，而「往事後期空記省」，更增添悵惘之情。「雲破月來花弄影」，以彷若工筆畫的技巧營造了朦朧美感。

範文

我愛中秋節

起頭技巧：想像奔馳法

月姑娘披著鵝黃色的薄紗，在星星舞群的歡呼下，含羞的從白雲布幕裡探出頭來。她滿心以為自己是今晚的女主角，孰料被一陣陣煙霧薰得咳嗽連連，白皙的臉龐被畫上了流行的煙薰妝，她急急的躲到白雲布幕後，久久不肯出現。

原來，今晚是中秋佳夜，地面上的人們紛紛架起了烤肉網，大夥在嬝嬝煙霧下大啖美食，一點也不在意月姑娘不見了。

傍晚一到，我和家人迫不及待的搬著食物、板凳、折疊桌，到院子裡準備烤肉。在香味撲鼻

作文撇步

首段的「月姑娘披著鵝黃色的薄紗，在星星舞群的歡呼下，含羞的從白雲布幕裡探出頭來」，這段話是將月亮擬人化，把月亮高掛星空，描述成是被星星舞群簇擁著的害羞姑娘，屬「轉化修辭」法中的「擬物為人」。「被一陣陣煙霧薰得咳嗽連連，白皙的臉龐被畫上了流行的煙薰妝」、「她婀娜多姿的從白雲布幕裡閃亮出場」，這兩句也是將月

中，大人邊吃邊聊天，小孩子則興奮的追逐、嬉鬧著。

這時候，隔壁的小妹童言童語的對著夜空喊：「月亮，快出來陪我玩，玩躲貓貓……」或許月姑娘聽見了，她婀娜多姿的從白雲布幕裡閃亮出場，頓時，一輪清輝照耀大地，院子裡的花朵在明月烘托下，搖曳生姿，想必古詩中的「雲破月來花弄影」，就是這般景致吧！

我愛中秋節！我愛中秋節月圓人團圓的溫馨；我愛中秋節全家圍著烤肉的熱鬧；我愛中秋節月光柔柔的美……中秋節，可以盡情的烤肉，開心的吃月餅，調皮的戴上柚子帽，你們說，還有什麼節日比中秋節更趣味盎然呢？

姑娘擬人化，均屬「轉化修辭」法中的「擬物為人」。「我愛中秋節月圓人團圓的溫馨；我愛中秋節全家圍著烤肉的熱鬧；我愛中秋節月光柔柔的美」，上述文句中「我愛中秋節」一詞隔句接連使用，這種修辭法為「類疊修辭」法中的「類字」，凡「類字」一定是「排比」。「盡情的烤肉，開心的吃月餅，調皮的戴上柚子帽」，屬「單句排比」，即用語法結構相近的單句，表達同範圍、同性質的人事物。

原文

草滿池塘水滿陂[1]，
山銜[2]落日浸寒漪[3]。
牧童歸去橫牛背，
短笛無腔[4]信口吹。

（村晚／北宋・雷震）

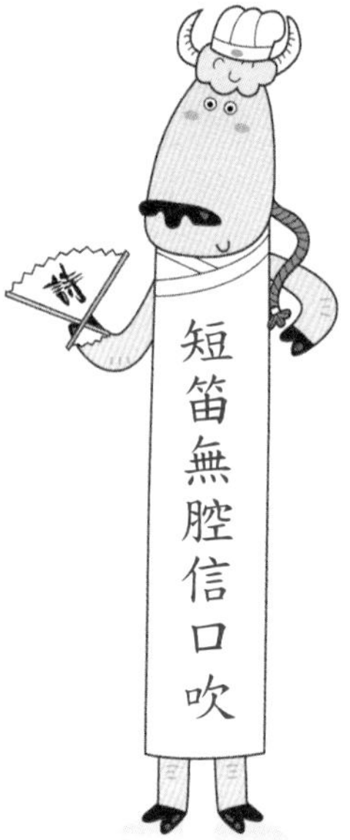

解釋

1. 陂：音ㄆㄛ，池塘；池沼。
2. 銜：含著；用嘴叼。
3. 漪：音一，水面的波紋。
4. 腔：此指口腔。

賞析

此詩是描繪一幅美麗的鄉野黃昏景色。前三句以「視覺摹寫」表現了農村的黃昏景致，「山銜落日浸寒漪」一句，生動的猶如一幅畫，遠景是夕陽和高山，近景是倒影，

譯文

池塘四周的青草長得很茂密，池水也漲得滿滿的，黃昏時分，火球似的太陽像被高山含在嘴裡一樣，倒映在沁涼的水波中，那景致真是美極了。牧童悠閒的橫坐在牛背上，用短笛隨意的吹奏著曲子。

以文字來繪出構圖的層次，十分高明。後兩句的「牧童歸去橫牛背，短笛無腔信口吹」，流露出悠閒自得的情趣。

範文

日記一則

起頭技巧：光陰記錄法

○○年○月○日　天氣　晴

明天就要直笛比賽了。下午的表演藝術課，大夥賣力的練習吹奏，一遍又一遍，此起彼落的吹奏聲如飛翔的小精靈，穿梭在校園。而悠揚清亮的笛聲迴盪在空氣中，訴說著我們多日來的努力……

回想這一路走來，從個人的背譜、練熟指法、研究如何吹奏出最完美的音色；一直到練習排隊形，配合指揮與伴奏……一連串密集的訓練，著實把大夥累壞了。我們狀況百出，急得老

作文撇步

作文題目是「日記一則」，通常是針對某件事來抒發自己的想法，切忌寫那種一成不變，又無任何意義和感想的事，例如：幾點起床、刷牙、上廁所、吃飯、搭公車，一定要寫出自己的心得，這樣的日記才不會成為流水帳。文中把此起彼落的吹奏聲比喻作「如飛翔的小精靈」，這種修辭法屬「譬喻修辭」法中的「明喻」。「悠揚清亮的笛聲

師都快白了頭髮，軟了手腳，停了心臟。練習期間，有人抱怨音樂課已經考過直笛了，平時享受一下「短笛無腔信口吹」的悠閒就好，比賽徒然增加麻煩；有些人則裝模作樣的吹奏，其實是在渾水摸魚，非得等到老師效法齊湣王，一個一個聽獨奏，才放棄濫竽充數的念頭。

還有幾位同學，吹到高音就破音，那刺耳的聲音，有同學誇張的說：「老天，簡直是魔音穿腦嘛！」

明天能不能得名，沒有人知道，但是每個人都從練習中，嘗到了努力的美味，那種美味有鼓勵的溫馨，也有成長的喜悅，將是我們難以忘懷的味道。

迴盪在空氣中，訴說著我們多日來的努力」、「嘗到了努力的美味，那種美味有鼓勵的溫馨，也有成長的喜悅，將是我們難以忘懷的味道」，以上描述屬「轉化修辭」的技巧。「白了頭髮，軟了手腳，停了心臟」，是應用「誇飾和類疊」修辭法；「白」從形容詞轉為動詞，屬「轉品修辭」法；從頭髮到手腳到心臟，愈來愈嚴重，為「層遞修辭」法中的「遞增」。

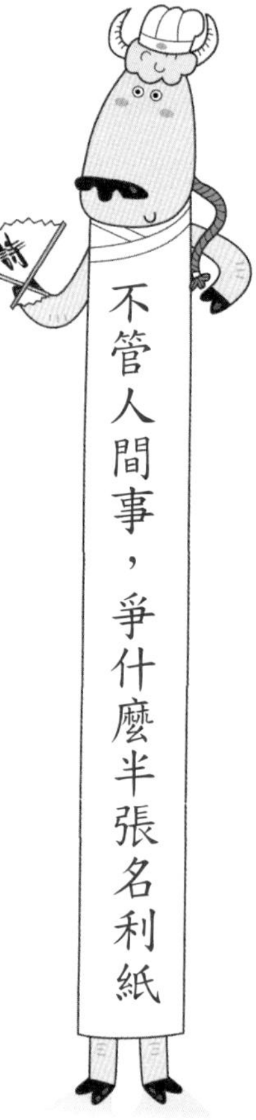

不管人間事，爭什麼半張名利紙

原文

林泉[1]隱居誰到此，有客清風至。

會作山中相[2]，不管人間事，

爭什麼半張名利紙[3]。

（清江引／元朝・馬致遠）

解釋

1. 林泉：有山林和泉水的地方，這裡指清幽之處。
2. 山中相：深山裡的宰相。意喻在山林裡逍遙自在。
3. 名利紙：泛指功名。

賞析

起興點出隱居之地有幽林和清泉，呈現有山有水，遠離紅塵俗世的世界。「有客清風至」，暗指沒有訪客，僅有不受拘束的清風，表示自己不想

譯文

我隱居在深林和山泉之間，有誰會來這裡找我呢？我想最常來的訪客應該是清涼的微風吧！我只管做逍遙的山中宰相，毋須理會世間俗事。那些功名利祿對我來說，就像是半張紙那麼的微薄，根本沒有什麼好爭的啊！

受叨擾的心願。「山中相」對比「半張名利紙」，更顯作者嚮往隱居生活，以及看淡名利的思惟。

範文

退一步的智慧

起頭技巧：實際舉例法

無論是「不為五斗米折腰」的陶淵明，或「明朝散髮弄扁舟」的李白，以及「不管人間事，爭什麼半張名利紙」的馬致遠，若從官運順逆的角度評判，皆是在仕途競技場中失敗的文人。

當他們步行於官宦之路，本有滿腔抱負，卻被荊棘狠狠的刺傷。可是李白等人懂得在失意時，往後退一步，轉而將心力投注於文學的播種、灌溉，促使中國文壇上綻放一朵朵豔麗奪目的花朵。所以他們能遨遊於海闊天空的文學領域，或為詩仙，或名隱逸詩人之宗，或成元曲四大家之一，

作文撇步

起文舉出與主旨相呼應的歷史人物來作印證，更顯有力。「卻被荊棘狠狠的刺傷」，是以有形的物來表現無形的挫折，是「象徵」的運用。「投注於文學的播種、灌溉，促使中國文壇上綻放一朵朵豔麗奪目的花朵」、「不被失意的鎖鏈、沮喪的繩索捆綁」、「永遠只能在懊惱的漩渦裡打轉、掙扎，看不到海闊天空的藍天白雲，呼吸不到海

不再是失意的政治家。

「退一步」不是懦弱的行為，而是為自己闢出更寬廣的道路；「退一步」不是膽小的行為，而是讓自己從失意的沼澤中脫身。唯有「退一步」，才能恣情享受海闊天空的自由自在，不被失意的鎖鏈、沮喪的繩索捆綁。不願意「退一步」的人，永遠只能在懊惱的漩渦裡打轉、掙扎，看不到海闊天空的藍天白雲，呼吸不到海闊天空的清新空氣。

下一回，當你遭遇挫折時，千萬別鑽入死胡同，而是轉過頭，勇敢的退一步，那時候，你會發現「退一步」後的世界，是那麼的美麗！

闊天空的清新空氣」，上述文句均屬「轉化修辭」法中的「擬虛為實」。「『退一步』不是懦弱的行為，而是為自己闢出更寬廣的道路；『退一步』不是膽小的行為，而是讓自己從失意的沼澤中脫身」，上述文句屬「類疊修辭」法中的「類字」，凡「類字」必屬「排比」，這幾句字數相當，句法結構雷同，都敘述同一性質的現象，符合「排比」的條件。

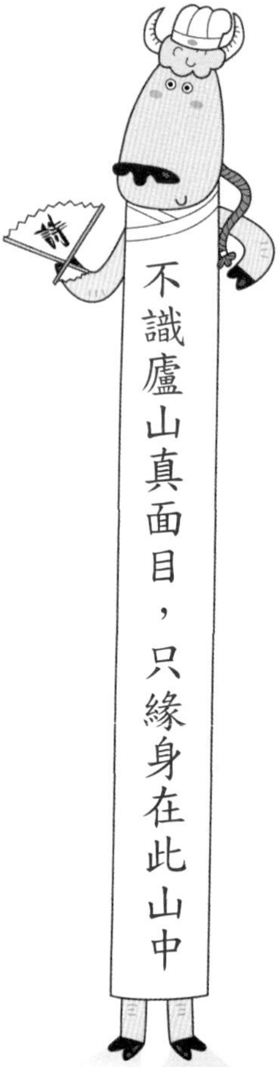

原文

橫看成嶺[1]側成峰[2]，
遠近高低各不同。
不識廬山真面目，
只緣[3]身在此山中。

（題西林壁／北宋・蘇軾）

解釋

1. 嶺：有道路可通山頂的山峰。
2. 峰：山的尖頂
3. 緣：原因；緣由。

賞析

這闕詞短短四句，卻充滿了哲思。首句即點出廬山面貌的千變萬化，在不同角度所體悟到的美感也不盡相同。如果一直站在相同位置欣賞，則無法領略從其他角度觀看時，所

譯文

橫的看是平緩的山嶺，側的看是陡峭的山峰，遠看、近看、由高處往下看，或從低處往上看，所看見的景色都不一樣。我無法看清廬山的全貌，只因為我一直待在廬山裡呀！

呈現的美景。意味人們不要太鑽牛角尖、太執著。下半闕的「不識廬山真面目，只緣身在此山中」，正印證了「當局者迷」這句話，當事人往往看不清真相，是因為一直置身事情的漩渦，而被蒙敝了。

範文

我的壞習慣

起頭技巧：驚嘆共鳴法

「天啊！這是房間還是豬圈？」每次媽媽打開我的房門，都會不自覺的發出這樣的「讚嘆」。

被子沒疊，是因為晚上又要睡了，不必多此一舉；牆角的臭襪子叢聚，是因為累積一星期再洗，比較合乎工作效益；桌上課本堆積成山，是因為我是一個用功的好學生。其實，我的房間也不是一開始就亂的，只不過覺得打掃太費神，所以任由它自行發展，久而久之，髒亂也就自然成型了。

大文豪蘇軾有「不識廬山真面目，只緣身在

作文撇步

首段以充滿驚訝的口吻寫道：「天啊！這是房間還是豬圈？」從開頭這一句就可猜出主人翁的壞習慣是不愛整齊，東西亂丟。「都會不自覺的發出這樣的『讚嘆』」，用「讚嘆」來寫母親的責備，是故意說反話，這種修辭法叫「倒反修辭」法，也就是言詞表面的意思與實際意思相反，有諷刺味。「才不會困頓在自己所設下的麻煩中」，「困頓」在此此山中」的哲思，我也有「不識髒亂真面目，只緣身在此髒亂中」的習慣。置身髒亂的我，從不覺得髒亂有何不對，直到那一天……

上星期二遴選小市長代表時，呼聲極高的我，卻因為抽屜跑出一隻蟑螂，致使那些本想投我票的人，紛紛陣前倒戈，害我的美夢成了可樂上的泡沫。

許多習慣的養成只是人生旅途中的小事，然而小事卻可能成為日後人生的決勝關鍵，只有革除惡習，才不會困頓在自己所設下的麻煩中。從今天開始，我決定丟掉髒亂，擁抱整齊，不再讓壞習慣戳破了我的美夢。

由形容詞改變詞性作動詞使用，為「轉品修辭」法。「小事卻可能成為日後人生的決勝關鍵」，以小事來對比人生大事，屬「映襯修辭」的技巧。「不再讓壞習慣戳破了我的美夢」，這句話是把抽象的事物形象化，也就是「擬虛為實」，屬「轉化修辭」法。

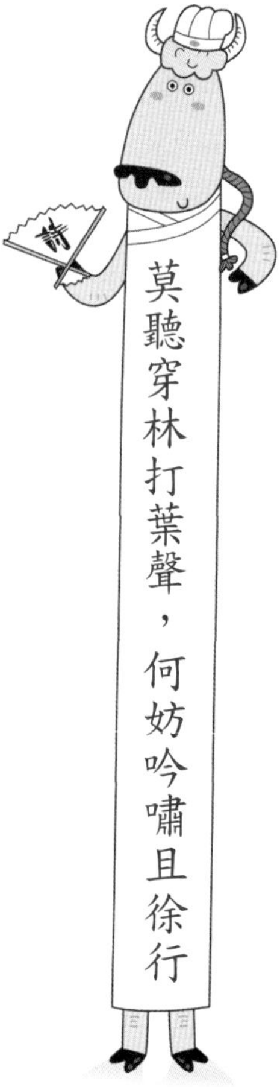

原文

莫聽穿林打葉聲，何妨吟嘯[1]且徐行[2]。
竹杖芒鞋[3]輕勝馬，誰怕？
一蓑[4]煙雨任平生[5]。
料峭[6]春風吹酒醒，微冷，
山頭斜照卻相迎。
回首向來蕭瑟[7]處，歸去，
也無風雨也無晴。

（定風波／北宋・蘇軾）

解釋

1. 吟嘯：高聲的吟唱。嘯，音ㄒㄧㄠˋ，發出長而清脆的聲音。
2. 徐行：緩慢的行走。徐：緩慢。
3. 芒鞋：即草鞋。
4. 蓑：音ㄙㄨㄛ，蓑衣，古時農夫穿的雨衣。
5. 平生：平時；往常。
6. 料峭：形容冷風刺骨。
7. 蕭瑟：形容風吹動樹木發出的聲音。瑟，音ㄙㄜˋ。

譯文

不必去聽雨點穿過樹林，打在葉子上的聲音，儘管吟著詩吹著口哨，慢慢的走好了。此刻，拄著竹杖和穿著草鞋行走比騎馬還輕便呢！風雨有什麼可怕的？在漫天煙雨中，披著蓑衣，任憑風吹雨打的事，我這一生早就經歷慣了。刺骨的冷風吹來春天的寒意，將酒意也吹醒了，我感到有些寒冷，山頭的斜陽卻已迎面照射過來。我轉過頭去，望了望剛才風吹雨打的地方，這趟歸程，對我來說既沒有風雨，也沒有天晴啊！

賞析

「定風坡」是寫在風雨中行走，表現從容、瀟灑的意態。「莫聽穿林打葉聲，何妨吟嘯且徐行」和「一蓑煙雨任平生」，均流露蘇東坡超脫的氣度，以及不畏挫折的精神。整闕詞語意雙關，饒富哲理。

範文

以平常心看待逆境

起頭技巧：顛倒順序法

奔馳於滂沱大雨中，我早先因雨而攪亂的心思，反獲得了真正的平靜。

午後的一場傾盆大雨，讓急欲回家的我，如困在玻璃瓶中的小蟲，亂了心神。怎麼辦？冒雨前進，必定淋成落湯雞；等待雨停，又不免虛耗韶光。猶豫像一條鐵鍊，鎖住了我的思考，最後，我邁開腳步，在豪雨下狂奔。

雨水「滴滴答答」的打在我的頭上、臉上、腳上……全身溼透的我懊惱極了。此時，斗大的雨滴粗魯的打入我的眼睛，正想咒罵，突然想起

作文撇步

首段的「奔馳於滂沱大雨中，我早先因雨而攪亂的心思，反獲得了真正的平靜」，這句話屬「映襯修辭」法，本因雨而亂了思緒，卻也因雨獲得了平靜，這是用兩者完全不同的事物來作比較。「如困在玻璃瓶中的小蟲」、「猶豫像一條鐵鍊」，這兩句分別出現「如……」、「像……」，為「譬喻修辭」法中的「明喻」。「鎖住了我的思考」，

前陣子剛讀的「莫聽穿林打葉聲，何妨吟嘯且徐行」，既然淋溼已是不可避免，倒不如踏穩腳步再前進，從不疾不徐的步伐中，領略雨中緩步的哲理。

所謂「人生不如意的事，十之八九」，不如意的事就像午後驟雨，任你急得跺腳、氣得大罵，委曲得大哭，都無濟於事。既然這樣，何不學習大文豪蘇東坡的瀟灑，以平常心看待逆境，以平常心走過逆境。

只要以平常心看待逆境，逆境自然也就只是平常，因為平常，所以能不慌不忙，因為不慌不忙，逆境就無法迷惑心神，混亂腳步。

逆境可怕嗎？在常保平常心的人眼中，卻是另一個豔陽天的前奏曲呢！

把抽象的思考形象化，被猶豫這條鐵鍊鎖住，屬「轉化修辭」中的「擬虛為實」。「急得跺腳、氣得大罵，委曲得大哭」，這段話中「得」隔句反覆出現，屬「類疊修辭」法中的「類字」。「逆境可怕嗎？在常保平常心的人眼中，卻是另一個豔陽天的前奏曲呢」，這句話是用來呼應主題，應用了「設問」和「轉化」修辭的技巧。

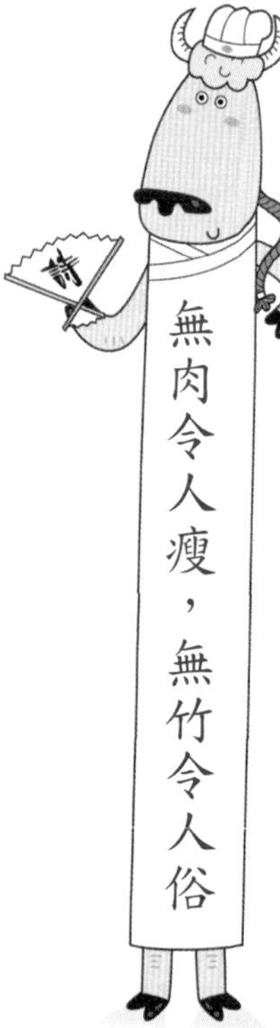

原文

可使食無肉，不可居無竹。
無肉令人瘦，無竹令人俗。
人瘦尚可肥，士俗不可醫。
傍人[1]笑此言，似高還似癡[2]。
若對此君仍大嚼[3]，世間哪有揚州鶴[4]？

（於潛僧綠筠軒／北宋・蘇軾）

解釋

1. 傍人：即旁人。
2. 癡：也作「痴」，呆傻；愚昧。
3. 大嚼：取「過屠門而大嚼」之意，比喻將幻想當成現實，自我安慰。
4. 揚州鶴：源於南朝梁・《殷芸小說》。指腰纏十萬貫，騎著白鶴，上揚州當刺史。後常比喻欲望無窮無盡或事事如意。

譯文

寧願吃飯時沒有肉，不可居住的地方沒有雅竹。沒有肉會讓人消瘦，沒有雅竹則會讓人庸俗不堪。人瘦了還可能變胖，讀書人一旦庸俗就無藥可治。旁人聽了我的說法，嘲笑的說：你這番言論到底是太清高或太痴傻？我只能回答，如果面對雅竹時，滿腦子還想著美食，那麼又要去哪裡找傳說中的揚州鶴呢？畢竟世間沒有十全十美的事呀！

賞析

大文豪蘇軾以竹子的筆直、質硬、中空的特性，來比喻君子應具備正直、堅韌、謙虛的美德。因竹有竹節，所以古人讚美竹是「清風亮節」的君子，蘇軾說「無竹令人俗」，其實是隱喻自己不媚俗的節操和風骨。

範文

我的減壓方法

起頭技巧：如果假設法

如果沒有休閒的時間，忙碌的工作就沒有有什麼意義；如果沒有親情的溫暖關懷，在外受的委屈與壓力就沒有宣洩的管道。

生活中充滿著大大小小的壓力，每個人為了抗壓，於是發展出各自不同的減壓方法。我的方法是：好好享受每天悠閒輕鬆的時間。

與家人相處的時光是其中之一。晚餐時，全家人聚在一起，吃著媽媽精心烹調的飯菜，飯菜裡除了營養，更蘊藏了滿滿的關懷，關懷每一個人的健康，健康的我們是媽媽最大的安慰。每次

作文撇步

「如果沒有休閒的時間，忙碌的工作就沒有什麼意義；如果沒有親情的溫暖關懷，在外受的委屈與壓力就沒有宣洩的管道」，上述文句字數相當，句法結構相似，寫出休閒和親情對解除壓力的重要性，屬「排比修辭」法中的「複句排比」。「更蘊藏了滿滿的關懷，關懷每一個人的健康，健康的我們是媽媽最大的安慰」，「關懷」、「健康」分

爸爸大啖「竹筍炒肉絲」時，便打趣的說：「無肉令人瘦，無竹令人俗」，我是不瘦也不俗。逗得我們哄堂大笑。我很享受這段和樂融融的時光，家人相處的溫馨，洗去了因忙碌而浮躁的心情。

洗熱水澡的時間也是不可缺少的。當卸除衣物後，猶如卸除所有的壓力，接著，享受蓮蓬頭灑下溫熱水的按摩，再抹上沐浴乳洗淨身體，同時也洗滌了疲累。洗熱水澡，讓我能夠沉浸在溫暖的氛圍中，真是暢快。

晚上就寢前，我一定會保留十至十五分鐘給自己，看看喜歡的書，聽聽音樂，再安穩的進入夢鄉。這就是我的減壓方法，你們要不要也試試看呢？

別是上一句的句尾，也是下一句的句首，這種修辭法叫「頂真修辭」法。「洗去了因忙碌而浮躁的心情」、「蓮蓬頭灑下溫熱水的按摩」上述兩句都屬「轉化修辭」法，不同的是，第一句將抽象的心情形象化，也就是「擬虛為實」；第二句把溫熱水擬人化，描述它會按摩。「當卸除衣物後，猶如卸除所有的壓力」，為「譬喻修辭」法。

原文

荷盡已無擎雨蓋[1]，
菊殘猶有傲霜枝[2]。
一年好景君須記，
最是橙黃橘綠時。

（贈劉景文／北宋・蘇軾）

解釋

1. 擎雨蓋：比喻寬大的荷葉。擎，音ㄑㄧㄥˊ，向上托住。
2. 傲霜枝：比喻不因嚴霜而殘敗的枝條。

賞析

這是首寄贈友人的詩，卻以寫景入手，從景中流露友情的深厚。「荷盡已無擎雨蓋」和「菊殘猶有傲霜枝」，對仗工整，雖是描摹秋末冬初的景致，卻隱喻人到中年，雖少了

譯文

荷花已經凋謝了，原本可以擋雨的荷葉也逐漸枯萎，菊花的花瓣雖然殘破，姿容不再，但是那不懼嚴霜的莖條，卻仍然挺直。朋友呀！一年中最美好的時光，你一定要記住喔！就是橙子黃熟，橘子還綠的初冬。

青春活力，卻因歷盡風霜，有如殘菊，花瓣雖凋零，莖幹卻依然傲骨挺立。末兩句的「一年好景君須記，最是橙黃橘綠時」，既是勉勵友人，也有自勉的意味，因為人生的豐收期是在中年，猶如「橙黃橘綠時」，只要年少努力，就毋須憂慮青春流逝。

範文

最難忘的美好時光

起頭技巧：人物對白法

「妹妹，來包粽子嘍！」一聽到這句話就知道端午節又來了。每年端午，家裡一定會包粽子。祖母總是說：「外頭的粽子，哪有自己包的好吃？」

按照慣例，我的工作是洗粽葉並且晾乾、擦乾，而祖母和媽媽則快手快腳的忙著洗米、蒸熟，泡香菇、蝦米，切紅蔥頭、肉、菜脯等。等我洗完，休息一會兒，就可以聞到粽子餡料撲鼻的香味，那香味總是令我垂涎三尺呢！

看媽媽、祖母包粽子是一大享受：粽葉折出

作文撇步

「外頭的粽子，哪有自己包的好吃」，是「設問修辭」中的「反問」，也叫「激問」，是明知故問，答案就在問題的反面。說「哪有自己包的好吃」，意思是比不上自己包的美味。「粽葉折出一個錐形，先放一大匙蒸熟、炒過的糯米，一大匙餡料，蓋上米，將粽葉一折、一轉，一個飽滿成型的粽子就完成了」，這段話是將過去發生的事物，憑藉一個錐形，先放一大匙蒸熟、炒過的糯米，一大匙餡料，蓋上米，將粽葉一折、一轉，一個飽滿成型的粽子就完成了。我學著包，但速度慢不說，還奇形怪狀的，甚至有散開的危機，但是只要媽媽接過去，一轉眼，又是個漂亮的粽子。看著懊惱的我，媽媽笑著說：「沒關係，慢慢來，哪有一次就包得好呢！」

窗外豔陽高照，蟬聲唧唧，彷彿也加入了我們的談笑。瞧！滿屋子的和樂融融，連千金都難換得呢！如果說真有「一年好景君須記」的時刻，那就是我們家包粽子的時候啦！

想像力描述出來，這種修辭法叫「示現修辭」法。「速度慢不說，還奇形怪狀的」對比「一轉眼，又是個漂亮的粽子」，是「映襯修辭」的技巧。「蟬聲唧唧，彷彿也加入了我們的談笑」，把蟬當作人來描述，會與人們談笑，屬「轉化修辭」法中的「擬物為人」。

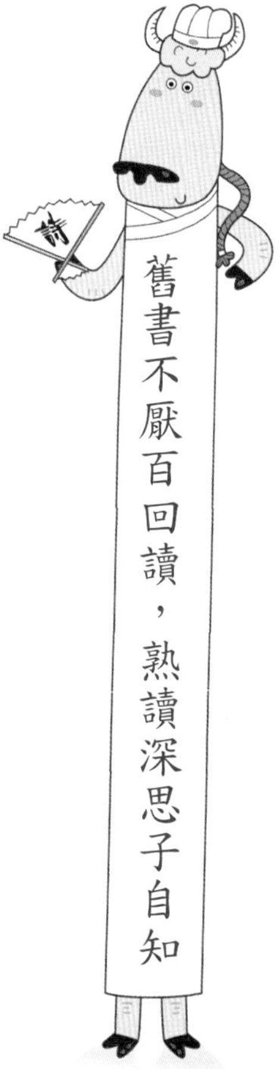

原文

舊書[1]不厭百回讀，熟讀深思子自知。
他年名宦[2]恐不免，今日棲遲[3]那可追。
我昔家居斷還往，著書不復窺園葵[4]。
朅[5]來東遊慕人爵[6]，棄去舊學從兒嬉。
狂謀[7]謬算[8]百不遂[9]，惟有霜鬢來如期。

（〈送安惇秀才失解西歸〉節錄／北宋‧蘇軾）

解釋

1. 舊書：指古籍經典。
2. 名宦：名聲與官職。
3. 棲遲：才學拙劣，不專精。
4. 葵：蔬菜名，我國古代重要蔬菜之一。
5. 朅：音ㄑㄝˋ，離去。
6. 人爵：即被授予的爵位。
7. 狂謀：狂妄不當的謀算。
8. 謬算：狡詐的謀算。
9. 遂：成功；達成。

譯文

古籍經典讀上千百回也不感到厭煩。熟讀、仔細玩味後，便能進一步的了解和體會。他日當官，不免要具備高深的學問，現在才學拙劣，即時努力還有迎頭趕上的機會。當年我還沒作官時，因勤於翻閱，以致常把線裝書的棉線弄斷了，此外，我也不停的著作，對農事並不理會。離開家往東邊遊歷後，因羨慕那些有功名官位的人，於是摒棄以前所學的道理，開始像孩童般淨做些你爭我奪的遊戲。用盡心機的結果卻總不能稱心如意，倒是鬢髮如預期的愈來愈斑白。

賞析

「送安惇秀才失解西歸」是蘇軾寫給秀才安惇的贈別詩，因對方考舉人落榜，所以蘇軾寫了這首詩來勸慰他，同時鼓勵他努力追求古書中所蘊涵的學問，不要太看重功名。所謂「失解」是指沒有考上舉人。

範文

溫故知新的樂趣

起頭技巧：人物對白法

「下雨天，不能出去打球，好無聊喔！」我望著窗外綿綿雨絲發呆，真羨慕那些雨仙子可以開心的、盡情的玩耍，一會兒從葉片上滑溜下來；一會又集體跳起華爾滋；一會又玩起高空彈跳的遊戲……

該如何打發時間呢？想玩線上遊戲，偏偏電腦送去維修；租DVD，又沒錢……唉！只好看小說了。我拖著比烏龜還慢的步伐，懶洋洋的走進書房。

我來到書架前，猶豫了好一會兒，才決定拿

作文撇步

首段以主人翁因下雨無法外出，無聊的自言自語，「下雨天，不能出去打球，好無聊喔」，這句話是伏筆，為了下文能扣緊主題而安排的。「綿綿雨絲」中的「綿綿」屬「類疊修辭」中的「疊字」，用疊字來表達情意，可以使語意富節奏感。「那些雨仙子可以開心的玩耍」，是把雨當作人來描述，屬「轉化修辭」法中的「擬物為人」。「一會兒從葉起《紅樓夢》重看。初讀這本書時，我剛升國中，花了九牛二虎之力才勉強看完，覺得很艱澀，毫無趣味可言。如今重新閱讀後，才體會出「舊書不厭百回讀，熟讀深思子自知」的哲理。現在是高中生的我，頗能遨遊於《紅樓夢》中，挖出新瑰寶。從「好了歌」裡的「世人都曉神仙好，只有兒孫忘不了」，我感受到父母對子女的疼愛；從「黛玉葬花人笑痴」的行為，我明白黛玉的孤寂和善良；從劉姥姥不卑不亢的勇闖大觀園，博得賈府上上下下的喜愛，我佩服她的機智。

「溫故」果然能「知新」。從現在開始，我決定把以前曾瀏覽過的好書，以嶄新的心情來重新閱讀，相信一定能看見文字散發出的璀璨光芒。

片上滑溜下來；一會又集體跳起華爾滋；一會又玩起高空彈跳的遊戲……」，是應用「類疊」與「轉化」修辭法。「拖著比烏龜還慢的步伐」，以「誇飾修辭」法來強調其慢。「從『好了歌』……機智」，這段描述是應用「排比修辭」法。「相信一定能看見文字散發出的璀璨光芒」，把無生命的文字當作有生命的來描述，會散發光芒，屬「轉化修辭」法中的「擬虛為實」。

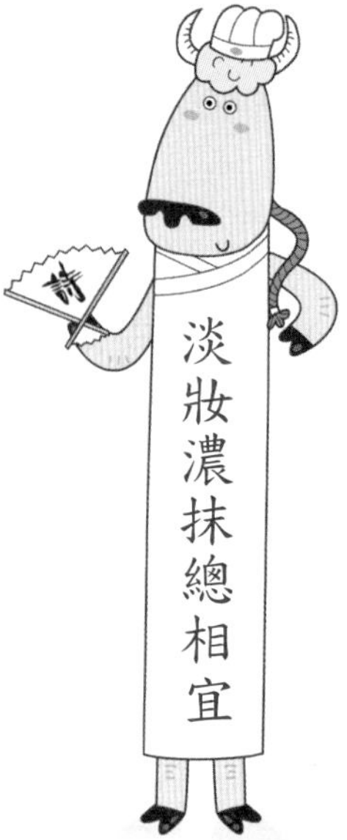

原文

水光瀲灩[1]晴方好，
山色空濛[2]雨亦奇。
欲把西湖比西子[3]，
淡妝濃抹總相宜[4]。

（飲湖上初晴後雨／北宋．蘇軾）

解釋

1. 瀲灩：水波蕩漾，波光閃爍的樣子。
2. 空濛：形容煙雨迷濛的樣子。
3. 西子：指春秋時代越國美女西施。
4. 相宜：合適。

賞析

「水光瀲灩」和「波光閃爍」兩句，是以「視覺摹寫」和「映襯修辭」法，表現了西

譯文

天晴時，水面上波光映照閃爍，景色美不勝收。下雨時，山光水色籠罩在迷濛的煙雨中，別有一番迷茫的美感。如果把西湖的美景譬喻成大美人西施的妝扮，則不管是淡雅或豔麗的妝，看起來都非常合適。

湖晴天的波光、雨天的空濛。

「欲把西湖比西子」，是以「譬喻」技巧牽引了兩者的關聯；「淡妝濃抹總相宜」，將西湖波光瀲灩、煙雨濛濛的美景，比喻成西施畫淡妝或濃妝的模樣，十分傳神。

範文

天空

起頭技巧：魔法變身法

天空是位流行時尚家，時而穿上雪白的休閒裝，看起來開朗青春；時而搭配一襲柔軟的長裙，隨風翻飛，姿態萬千；時而換上夢幻的娃娃裝，層層蕾絲，流露可愛的笑容。天空的美是那麼的「淡妝濃抹總相宜」，美得令人屏息，美得令人心醉，美得令人流連。

對愛情充滿憧憬的她，每每參加夕陽王子舉辦的「黃昏派對」，總是滿心歡喜的穿上金紅色禮服，嬌羞的與夕陽王子共舞。黑夜王子也拜倒在她的石榴裙下，有時饋贈圓潤的珍珠，有時是

作文撇步

「時而穿上雪白的休閒裝，看起來開朗青春；時而搭配一襲柔軟的長裙，隨風翻飛，姿態萬千；時而換上夢幻的娃娃裝，層層蕾絲，流露可愛的笑容」，「時而」一詞隔句連續出現，屬「轉化修辭」法中的「類字」，凡「類字」必屬「排比」。「美得令人屏息，美得令人心醉，美得令人流連」、「天空的美，天空的柔，天空的真」，也屬「類疊

彎彎的銀色髮夾，有時是綴滿鑽石的華麗披肩。這些愛的禮物，將天空襯托的更迷人了。

天空也有心情低落的時候，鬱悶的她，看起來很灰暗沮喪，甚至會嘩啦啦的哭出來，那一滴滴的淚水如斷線的珍珠般落下……若愁緒難解，天空便聆聽「雷電交響曲」，平穩自己的心情。當情緒穩定後，她會畫個絢麗的「彩虹妝」，展開笑靨，讓喜愛攝影的人們，捕捉她的美。

這時候，我也會拿起攝影機，在按快門的「咔嚓」聲中，將天空的美，天空的柔，天空的真，統統珍藏起來，她是我內心深處最愛慕的偶像。

修辭」法中的「類字」。「有時饋贈圓潤的珍珠，有時是彎彎的銀色髮夾，有時是綴滿鑽石的華麗披肩」，是隱喻，分別指滿月、弦月、星辰。「那一滴滴的淚水如斷線的珍珠般落下」，是「譬喻修辭」的技巧。「『雷電交響曲』」、「畫個絢麗的『彩虹妝』」，以上兩句前者把閃電現象描述成是演奏樂曲，後者把彩虹看做是畫妝，為「轉化修辭」法中的「擬物為人」。

原文

黃昏風雨打園林，
殘菊飄落滿地金[1]。
折[2]得一枝還好在，
可憐[3]公子惜花心。

（殘菊／北宋・王安石）

解釋

1. 滿地金：形容遭風吹雨打後，飄落的菊花花瓣。
2. 折：摘取。
3. 可憐：憐憫。

賞析

相傳蘇東坡讀了這首詩後，嘲笑王安石沒常識，因為菊花是秋天綻放，最耐風雨吹打，怎麼可能會「殘菊飄落滿地金」？故大筆一提，寫下「秋英不比春花落，為報詩人

譯文

黃昏時，狂風暴雨吹打著園林，菊花紛紛飄落，如同滿地亮澄澄的黃金。幸慶自己還能摘下一枝未飄落的菊花，也算是老天憐憫我疼惜花的一番心意吧！

仔細吟」，幾年後，偶然於狂風暴雨後，目睹菊花墜落一地，才恍然大悟，深感當年的無知。自古詩人都愛菊、詠菊，王安石的〈殘菊〉，流露出憐惜之心；蘇東坡的「菊殘猶有傲霜枝」，則讚嘆菊花的堅韌；陶淵明的「秋菊有佳色，不同桃李枝」，則頌揚菊花不平凡的美。

範文

暑假旅遊的感想

起頭技巧：直述原因法

因為「暑假小子」踩著火球，計畫從七月初玩到八月底，所以爸媽也趁著孩子放假，打算全家去嚮往已久的「清境農場」渡假。

出發當天，全家都捧著喜悅、興奮的心，恨不得能向孫悟空商借可一躍十萬八千里的筋斗雲，「咻」得一口氣到達目的地。當車子快駛達南投縣仁愛鄉時，只見滿眼的峰巒疊翠、湖光山色，我們這群「水泥土包子」看得連靈魂都出竅了。

上山是七月初，看到秋天才能見到的芒草花時，嚇了一跳，稍後才想起書上曾表示高山海拔

作文撇步

首段是寫放暑假時，父母帶著孩子去遊玩，行文時將「暑假」當作人來描述，寫：「因為『暑假小子』踩著火球，計畫從七月初玩到八月底」，這種修辭法叫「轉化修辭」。「全家都捧著喜悅、興奮的心」，也是「轉化修辭」法。「一躍十萬八千里的筋斗雲」，屬「引用修辭」法中的「暗引」，只寫向孫悟空商借，卻沒點出是援引《西遊

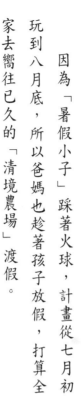

愈高，溫度愈低，夜晚約二十度左右，難怪會在夏天看見芒草花。不過，之前要是有人說：「七月芒草花盛開」，我的反應一定會和蘇軾初見王安石的詩作：「殘菊飄落滿地金」一樣，認為是信口雌黃，嗤之以鼻吧！

山上還有一個地名很特別，叫「人止關」，設立在清朝，提醒「漢人止步」，以免侵入了原住民的地盤。原來，這個地名和台灣發展有關呢！

這次旅行，有沉浸美景的愉快，有印證書本知識的喜悅，更有全家共遊的幸福。古人說：「讀萬卷書，行萬里路」，我則說：「行萬里路，同讀萬卷書，家人相聚最幸福！」

記》有關「筋斗雲」的本領。

「水泥土包子」一詞，是「譬喻修辭」法，指很少接觸大自然的城市人。「有沉浸美景的愉快，有印證書本知識的喜悅，更有全家共遊的幸福」，這段話的「有」字隔句反覆出現，是「類疊修辭」法中的「類字」，凡「類字」必屬「排比」。

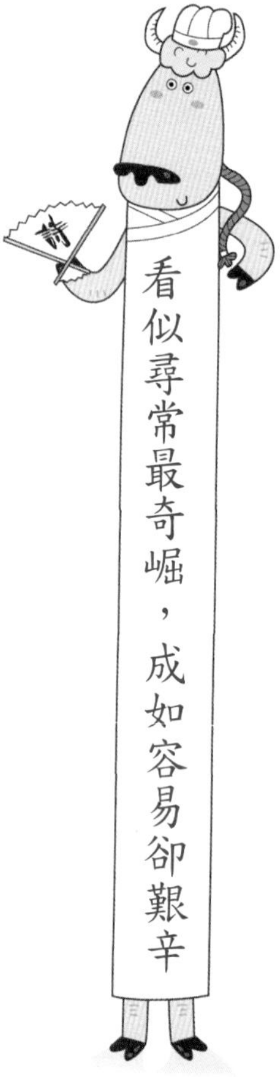

原文

蘇州司業[1]詩名[2]老，
樂府皆言妙入神。
看似尋常最奇崛[3]，
成如容易卻艱辛。

（題張司業詩／北宋・王安石）

解釋

1. 司業：本是學官名，負責掌管王親貴族的嫡長子的學業教育。此指詩人張籍，因其曾任職國子司業。
2. 詩名：擅長作詩的名氣。
3. 奇崛：獨特不凡。

賞析

張籍在樂府詩上的成就向來為世人所推崇，王安石藉此詩來讚譽他。起興即以淺白直述的筆法，稱頌張籍的詩作

譯文

蘇州司業張籍擅長作詩，名氣早就響叮噹，大家都讚賞他的樂府詩寫得精妙絕倫，出神入化。看起來文句平常，實際上很獨特，好像很容易就下筆成章，完成詩作，其實構思的過程很艱辛。

「妙入神」。「看似尋常最奇崛，成如容易卻艱辛」二句，是王安石讚美張籍作詩時，其遣詞用字雖淺俗，語法卻很精練。這二句現也常被用來形容成功得來不易。

範文

累積經驗的重要

起頭技巧：開門見山法

經驗是人生的養分，人生是經驗的累積。經驗越多，人生也越充實。

讀了再多的理論，還要實際去做，才能印證所學。若未累積經驗，只一味的鑽進讀書的死胡同，在胡同裡夜郎自大，就像《三國演義》中的馬謖，自恃熟讀兵書，不聽諫言，結果不僅兵敗被斬，還連累了難以計數的士兵魂斷戰場。

由此可知，累積經驗的重要。即使聽過、讀過，一旦親身經歷，感受往往大相逕庭。舉例來說，當過風紀股長，才知道自認有理由便說話的

作文撇步

「經驗是人生的養分，人生是經驗的累積」，這兩句詞彙相同，詞序相反，屬「回文修辭」法，寫文章時應用回文修辭法的優點包括：透過字詞語句的循環，可增進語文的情趣、可以簡潔的表現事物間彼此的關係。「只一味的鑽進讀書的死胡同」、「能讓我們的『能力存摺』厚實可觀」，均屬「轉化修辭」法。「在胡同裡夜郎自大」中的「夜郎自

行為，會讓管秩序的人多麼為難；職責與人際關係的協調，又是多麼難以拿捏。真正用轆轤製作過陶器，才知道什麼叫「看似尋常最奇崛，成如容易卻艱辛」，專家做來易如反掌，我們卻難若登天；看來容易成形的陶土，其實很容易因重心不穩而垮掉。

因為親身經歷過，知道事情有時不像看起來那麼簡單，會多一份體諒的心，不再隨口批評。可是有的人因膽怯、懶惰，拒絕扛下責任，認為多一份責任就是多扛一份包袱，例如：拒絕擔任幹部、拒絕負責額外的工作、拒絕當義工等。看起來似乎少了一點麻煩，卻失去了很多成長的機會。

勇於學習，累積經驗，能讓我們的「能力存摺」厚實可觀，你能說不重要嗎？

大」，是援引成語典故，屬「引用修辭」法。「專家做來易如反掌，我們卻難若登天」、「看起來似乎少了一點麻煩，卻失去了很多成長的機會」，上述文句將相反的情況並列比較，屬「映襯修辭」法中的「對襯」。

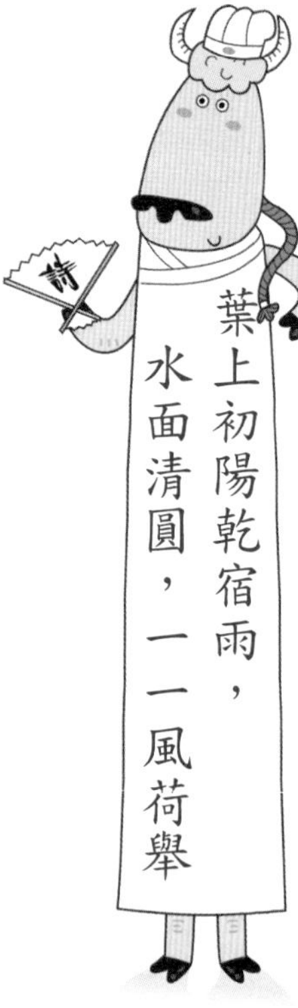

原文

燎沉香[1]，消溽暑[2]。
鳥雀呼晴，侵曉[3]窺檐[4]語。
葉上初陽乾宿雨，
水面清圓，一一風荷舉。

（〈蘇幕遮〉節錄／北宋・周邦彥）

解釋

1. 燎沉香：焚燒沉香。燎，音ㄌㄧㄠˇ，燃燒；焚燒。沉香：一種香料，因放入水中會沉下去，所以叫沉香。
2. 溽暑：指夏天潮溼、悶熱的時候。溽，音ㄖㄨˋ，潮溼。
3. 侵曉：天快亮的時候。
4. 檐：音ㄧㄢˊ，屋頂延伸出屋牆的部分，即屋簷。

賞析

「消溽暑」，點明了當時

譯文

點燃沉香，用來除去那使人感到悶熱的暑氣。因為天氣晴朗，鳥雀高興的鳴叫，天才剛亮就伸出頭來，在屋簷上輕啼。朝陽晒乾了前晚荷葉上殘留的雨珠，水面上的荷葉顯得清新、圓潤，晨風吹來，朵朵荷花迎風招展。

的季節是炎熱的夏天；而「燎沉香」透露古人用沉香的氣味來驅散悶熱的生活習性。「鳥雀呼晴，侵曉窺檐語」，是應用「轉化修辭」法中的「擬物為人」來形塑鳥雀的動作，充滿了俏皮感。「葉上初陽乾宿雨，水面清圓，一一風荷舉」，是以「視覺摹寫」來呈現帶雨珠的荷花，在夏天的早晨，微風的輕拂下，迎風展柔媚的風情，堪稱是寫出荷花之美的精髓。

範文

荷花塘記趣

起頭技巧：往事回憶法

去年暑假，我在鄉下的奶奶家住了好多天。奶奶家旁邊的荷花塘，美得像是一幅大師筆下的油畫，深深的烙印在我的腦海，是我最難忘的回憶。

夏日的仙子荷花，在朝陽中搖曳著翠綠色的圓裙，那裙襬如波浪起伏，令人神往；而那嬌豔的歡顏也同時虜獲了行人的心。你聞！空氣裡，散發著淡淡的芬芳，晨起經過荷塘的人們，都忍不住沉浸在甜香的空氣裡，不忍離去。

清晨，荷葉迎風翻飛的風情，讓我不禁吟誦起「葉上初陽乾宿雨，水面清圓，一一風荷

作文撇步

「美得像是一幅大師筆下的油畫」、「在朝陽中搖曳著翠綠色的圓裙，那裙襬如波浪起伏」、「彷佛是降臨人間的花仙子」，這三句分別把荷花塘比喻成油畫、寬大的荷葉比擬成飄逸的裙襬、把荷花比擬作美麗的仙子來描述，喻詞出現「像」、「如」、「彷佛」，這種修辭法為「譬喻修辭」法中的「明喻」。「深深的烙印在我的腦海裡」，是把

舉」，比起「蓮之出淤泥而不染，濯清漣而不妖」，我更鍾情這幾句。

「愛蓮說」所寫雖然句句是蓮的特色，卻因為考試要考，覺得多了那麼一份道學味。反不如周邦彥這三句，將荷花的柔美，荷花的淡雅，荷花的風韻，在在描寫得栩栩如生，彷彿是降臨人間的花仙子。

我覺得清晨是賞荷最好的時間，再晚些，氣溫上升，便少了一番閒情逸致。而午後被雷陣雨刷洗過的荷塘，荷葉上水珠渾圓滾動，倒多了一份俏皮味。

暑假又到了，我期待著，能與那美麗的荷花再一次浪漫邂逅，再一次深情凝視，再一次促膝談心，讓荷花的千姿百媚伴我入夢中……

人當作物來描述，腦海裡烙印了油畫，屬「轉化修辭」中的「擬人為物」。「荷花的柔美，荷花的淡雅，荷花的風韻」、「再一次浪漫邂逅，再一次深情凝視，再一次促膝談心」，上述文句中的「荷花」、「再一次」分別隔句連續使用，均屬「類疊修辭」法中的「類字」，凡「類字」必屬「排比」。

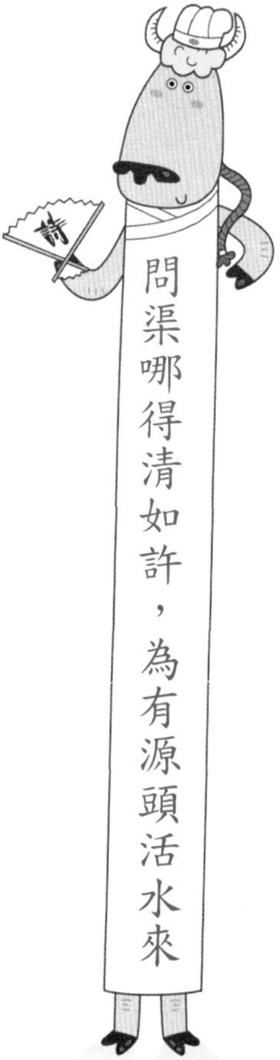

原文

半畝方塘一鑑[1]開，
天光[2]雲影共徘徊[3]。
問渠[4]哪得清如許[5]，
為有源頭活水[6]來。

（觀書有感／南宋．朱熹）

解釋

1. 鑑：古代的銅鏡，後泛指鏡子。
2. 天光：日光，此指藍天。
3. 徘徊：本指在一個地方走來走去，此指映照。
4. 渠：表示第三人稱，相當於「他」，此指池塘。
5. 如許：如此。
6. 活水：流動不歇的水。

賞析

所謂「半畝方塘」，是南

譯文

方形小池塘裡的水，清澈的就像一面明鏡，藍天和白雲都倒映在水面上。我問池塘為什麼可以如此清澈呢？因為源頭一直有潺潺流水朝這裡流下來啊！

宋理學大師朱熹的謙稱。「一鑒開」，意喻自己讀書後，能融會貫通，有所領悟。「問渠」，其實是反問自己。「為有源頭活水來」，意喻自己不斷的吸收新知，而且能活用知識。

範文

終身學習

起頭技巧：引述名言法

「問渠哪得清如許，為有源頭活水來」，宋朝理學大師朱熹的這首詩提示我們，要擁有一顆終身學習的心，一顆終身學習的心，才能提昇自己，才能不斷進步。

　身處現今這個時代，科技發展一日千里：一百年前，電話是極少數有錢人才能使用的工具；二十幾年前，沒人想到可以擁有又輕又薄的手機；十年後又會有什麼改變？因為社會及科技進步，許多工作型態和以往大相逕庭，如果我們不抱持活一輩子學一輩子的心態，以為出了學校，就擁

作文撇步

「終身難習」，屬論說文體的作文題目，起頭時援引朱熹的詩作「問渠哪得清如許，為有源頭活水來」，來印證主旨，非常具說服力。「要擁有一顆終身學習的心，一顆終身學習的心，才能提昇自己，自己才能不斷進步」，為「頂真修辭」法。「一百年前……二十幾年前……十年後……」，屬「層遞修辭」法中的「遞降」。「精湛專業技能」中的

有生存技能，不須要再進修，那麼，我們將被時代所鄙棄，所淘汰。

終身學習，除了精湛專業技能外，也要注重心靈的成長，包括：是否能與他人和諧相處；是否能關懷體諒別人；是否能分辨是非善惡；是否清楚自己的理想；是否不畏懼困難挫折……

簡單的說，終身學習就是讓今天的我比昨天的我更好！唯有終身學習，才能具備因應社會變遷及進步的能力。但願你我心中都能有活水源源不斷湧入，有一面清澈的明鏡。

「精湛」，從形容詞轉為動詞，為「轉品修辭」法。「是否能與他人和諧相處；是否能關懷體諒別人；是否能分辨是非善惡；是否清楚自己的理想；是否不畏懼困難挫折……」，為「類疊修辭」法中的「類字」。「我們將被時代所鄙棄，所淘汰」，這句話把抽象的時代具象化，會淘汰不肯上進的人，屬「轉化修辭」法中的「擬虛為實」。

原文

風又飄飄[1]，雨又蕭蕭[2]。
何日歸家洗客袍？
銀字笙[3]調，心字香[4]燒。
流光容易把人抛，
紅了櫻桃，綠了芭蕉。

（一翦梅〈舟過吳江〉節錄／南宋・蔣捷）

解釋

1. 飄飄：形容風吹動的樣子。
2. 蕭蕭：形容雨落下的聲音。
3. 銀字笙：一種古樂器。笙管上的銀字是表示音調的高低。
4. 心字香：爐香名。

賞析

這闕詞上片寫春愁，下片寫鄉愁和感嘆歲月的無情。用「飄飄」、「蕭蕭」疊字來營造出淒清的氛圍。「洗客

譯文

風不停的吹著，雨不停的下著。我這離鄉的遊子，何時才能返家洗滌我這一身滿是塵土的外衣呢？能再彈奏銀字笙，點燃心字香。時光匆匆流逝，輕而易舉的就把人拋在後頭，轉眼間，櫻桃紅了，芭蕉也綠了。

袍」、「銀字笙調」、「心字香燒」，流露出思家的渴望。「紅了櫻桃，綠了芭蕉」，是夏季景象，上片才寫春愁，結尾已是夏季，因此說「流光容易把人拋」。詞人以「一紅一綠」的鮮明色彩來映襯灰澀的愁思。

範文

及時做好準備

起頭技巧：具體比喻法

機會像是流星，我們不知它何時出現，它也從不久留，稍縱即逝，能夠捉住它的，只有做好準備的人。

所有的人都希望成功，卻只有少數的人能夠在機會來臨時大放光彩。不是因為他們的運氣特別好，而是因為他們早就做好了準備，所以在機會來臨時，能毫不猶豫、害怕，盡情展現自己。

姜子牙在遇見周文王之前，卑微不得志，連妻子都吵著要離婚，卻可以在與文王談話之後，被拜為國師。若他沒有準備好自己的實力，遇見

作文撇步

首段寫：「機會像是流星」，把抽象的機會比喻成一閃即逝的流星，喻詞「像是」連接了喻體「機會」和喻依「流星」，屬「譬喻修辭」法中的「明喻」。「所有的人都希望成功，卻只有少數的人能夠在機會來臨時大放光彩」，把「所有的人」對比「少數人」，是「映襯修辭」的技巧。「若他沒有準備好自己的實力，遇見文王又如何」，是

文王又如何？

做好準備的方法，簡單來說，就是認真學習，做好自己份內的工作；確立目標，培養自己的能力。以學生而言，每天的打掃是在訓練態度，培養我們對工作的責任感；每個月的段考是為了考驗我們是否認真學習，累積應有的知識；與家人、同學的相處，是培養我們待人處世的智慧與禮貌。這些都是為我們的將來做好準備。

「流光容易把人拋」，千萬別抱著「來日方長，慢慢來就好」的消極態度，而是從現在起，為自己的未來做好準備吧！

「設問修辭」法中的「反問」，也叫「激問」，是明知答案而問，答案就在問題的反面。「認真學習，做好自己份內的工作；確立目標，培養自己應有的能力」及「每天的打掃……累積應有的知識」，上述文句均應用「排比修辭」法。

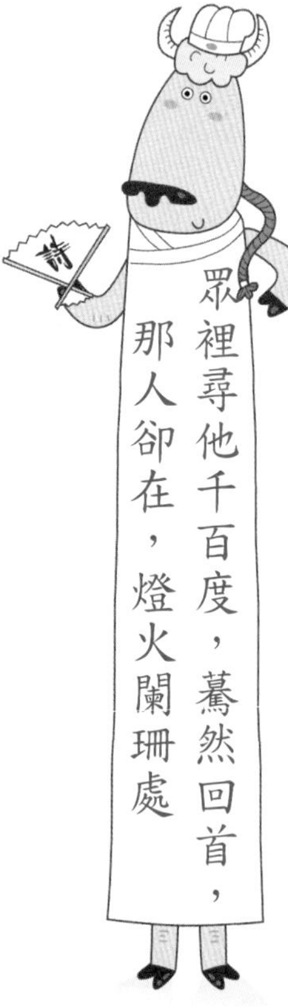

原文

東風夜放花千樹[1]，更吹落星如雨。
寶馬雕車香滿路，鳳簫聲動，
玉壺[2]光轉，一夜魚龍[3]舞。

蛾兒[4]雪柳[5]黃金縷[6]，笑語盈盈[7]暗香去。
眾裡尋他千百度，驀然回首，
那人卻在，燈火闌珊處。

（青玉案／南宋・辛棄疾）

解釋

1. 花千樹：指燈火閃爍的情況彷如繁花盛開。
2. 玉壺：古代計時的器具。
3. 魚龍：流行於漢代的雜耍，是以猞猁（音ㄕㄜˋ ㄌㄧˋ，動物名，外形像貓但體型較大，四肢粗壯修長，很會爬樹）動物為形狀的道具，在舞蹈中，一步步化成比目魚和黃龍的表演。
4. 蛾兒：古代婦女於元宵節前後插戴在頭上的一種剪彩飾

譯文

元宵夜東風吹來，燈火在夜空下，閃爍的像千樹的繁花盛開，又像是星星被吹落，變成閃亮的雨。華麗的馬車經過，香氣飄滿整條路。在雕飾精美的洞簫所吹奏出的音樂聲中，計時的玉壺也閃亮亮的轉動著，一整夜魚燈、龍燈都像在跳舞一般。那些秀髮上插戴著頭花，打扮得漂漂亮亮的女孩，笑語盈盈的經過我時，我只聞到一股暗香從我身邊飄過。

急著在人群中尋找這一個美麗的身影，然而找了幾千回，卻遍尋不著那倩影。不經意間，我回頭一望，卻發現我苦苦尋找的人，就站在那燈火稀疏的地方啊！

物。

5. 雪柳：宋朝婦女在立春日和元宵節時插戴的一種頭花。
6. 黃金縷：黃金製成的穗狀物飾品。
7. 盈盈：形容女子儀態美好。

賞析

詞人以生花妙筆的功力描摹了元宵節火樹銀花、車水馬龍、遊客如雲、笑語如潮的歡樂氣氛。「燈火闌珊處」一句，更平添了該闕詞的餘韻。

範文

生命中的貴人

起頭技巧：具體比喻法

「貴人」像一條繩索，可以將墜足的人從萬丈深淵中救起；「貴人」像一座煉爐，可以將平凡的鐵塊冶煉成無堅不摧的寶劍。

當我遇挫折時，免不了希望有貴人相助，不斷自問：「貴人在哪裡？」於是開始尋尋覓覓。後來，偶然讀了聖嚴法師的語錄，他說：「知恩報恩為先，利人便是利己。」原來，只要懂得心存感恩，那麼生命中的豔陽將無處不有，生命中的貴人也會無處不在。

有了這層省悟後，頓然發現其實貴人是「眾

作文撇步

將貴人比喻作繩索和煉爐，可以將墜足的人從萬丈深淵中救起，也可以將平凡的鐵塊冶煉成無堅不摧的寶劍，是藉由「譬喻修辭」法來突顯貴人的重要。「貴人在哪裡」，這句話是為了提起下文而發問，屬「設問修辭」法中的「提問」。「知恩報恩為先，利人便是利己」，是援引聖嚴法師的語錄，藉以帶出自己的論點，是「引用修辭」法中的裡尋他千百度，驀然回首，那人卻在，燈火闌珊處」，因為只要常懷感恩、知足、報答的心，摒棄埋怨、貪婪、報復的心，那麼，每一個人都會是我們生命中的貴人。

想想，幫助我的人，確實讓自己掙脫了困厄的枷鎖，而阻撓我的人，卻也在無形中增強了我的耐力。現在，我已經能以平常心看待生活中的橫逆，也更懂得以微笑對待身邊的每位貴人。不可思議的是，當我愈懂得感謝身邊的人時，身邊的人對我的幫助也愈多呢！

你還在疑惑誰是自己生命中的貴人？還在尋覓覓生命中的貴人嗎？告訴你，貴人其實就在自己身邊。

「明引」。「常懷感恩、知足、報答的心」對比「摒棄埋怨、貪婪、報復的心」，屬「映襯修辭」法中的「對襯」。「阻撓我的人，卻也在無形中增強了我的耐力」，這句話用相反意義的語詞描述同一件事，屬「映襯修辭」法中的「雙襯」。

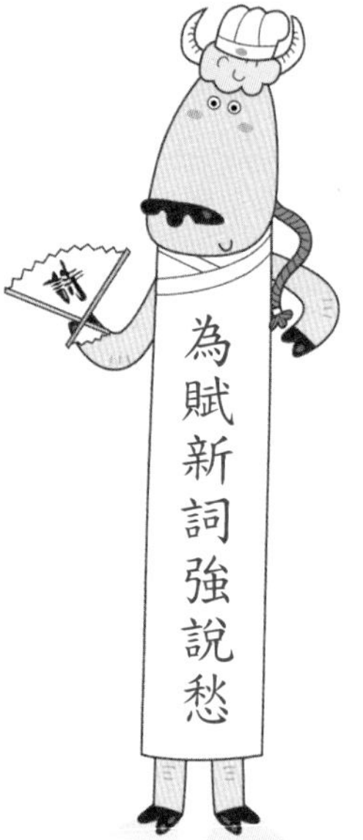

原文

少年[1]不識愁滋味，
愛上層樓，愛上層樓，
為賦[2]新詞強[3]說愁。

而今識盡愁滋味，
欲說還休[4]，欲說還休，
卻道[5]天涼好個秋。

（醜奴兒／南宋．辛棄疾）

解釋

1. 少年：少，音ㄕㄠˋ，古稱青年男子。
2. 賦：寫文章。
3. 強：音ㄑㄧㄤˇ，勉強。
4. 休：停止。
5. 道：說。

賞析

詩人辛棄疾寫嘗愁的滋味，卻從年少的不識愁，反而強說愁寫起。再以歷盡人生滄桑後，分明懂愁，卻一言難盡

譯文

年少的時候，不懂得憂愁的滋味，卻喜歡登上高樓，學文人般為了寫一闋新詞，即使沒有煩愁，也勉強讓自己融入愁苦的氛圍中。年歲漸長後，歷練了人世冷暖，嘗盡了愁滋味，可以一吐愁緒時，反而因為太懂得人情事故，而說不出口，最後只是輕描淡寫的說：「啊！天氣涼了，真是好一個涼秋。」

愁滋味，所以是「欲說還休，欲說還休，卻道天涼好個秋」，以季節變化一語帶過，表達了對人生豁達的體悟。

範文

活出美好的人生

起頭技巧：如果假設法

如果春天無法挽回，就讓我用照片留住一片繁花；如果夏天無法逗留，就讓我用日記寫下一季清涼；如果秋天無法停駐，就讓我用彩筆畫下一輪明月；如果冬天無法駐足，就讓我用文章留住一縷冷風。

不願被說成「為賦新詞強說愁」，所以縱然年輕，縱然世事經歷不深，但我總是積極的記錄下美好事物，誰說年輕一定要「強說愁」？年輕有年輕的美好，年長有年長的圓融。英國大文豪狄更斯說：「沒有一個人能製造那麼一口鐘，來

作文撇步

「如果春天無法挽回，就讓我用照片留住一片繁花；如果夏天無法逗留，就讓我用日記寫下一季清涼；如果秋天無法停駐，就讓我用彩筆畫下一輪明月；如果冬天無法駐足，就讓我用文章留住一縷冷風」，以上文句是應用「排比修辭」法中的「複句排比」。以結構相仿的句法，連續表達出同範圍、同性質的意思，使想表達的意思更明暢，更活

為我們敲回已經逝去的時光。」與其搔首慨嘆逝去的時光，倒不如積極掌握活著的每一秒，每一分鐘，每一小時。

人活著，就要活得痛快，痛快去歡樂，痛快去悲傷，痛快去體悟，痛快去享受，即使稍縱即逝的煙火，也要痛快的欣賞。只要把每一天都當成最特別的一天來過，那麼，人生的每一刻都值得高聲喝采。

留不住春天的繁花，就恣情享受夏日的豔陽；沒吃到涼秋甜美的柚子，就品嘗冬季澄黃的柑橘。即使無法挽留，也會有最美好的記憶佇留心頭。

活出美好的人生，就靠自己的努力。

潑，意味更深長。「誰說年輕一定要『強說愁』」，是應用「設問修辭」法中的「反問」，其實答案就在問題的反面。「倒不如積極掌握活著的每一秒，每一分鐘，每一小時」，是應用「層遞修辭」法中的「遞降」。「痛快去歡樂，痛快去悲傷，痛快去體悟，痛快去享受」，「痛快」一詞隔句連續使用，屬「類疊修辭」法中的「類字」。

原文

我見青山多嫵媚[1]，
料[2]青山見我應如是。
情與貌，略相似。
一尊搔首東窗裡。
想淵明，停雲[3]詩就，此時風味[4]。
江左沉酣求名者，豈識濁醪[5]妙理。

（〈賀新郎〉節錄／南宋・辛棄疾）

解釋

1. 嫵媚：嫵，音ㄨˇ。姿態美好，惹人憐愛。
2. 料：忖度，推測。
3. 停雲：陶潛〈停雲〉詩自序：「停雲，思親友也」，故後人用作思念親友的意思。
4. 風味：事物獨特的色彩、趣味。
5. 濁醪：品質差的濁酒。醪，音ㄌㄠˊ，有雜質的濁酒。

譯文

我見青山的姿容是多麼美好可愛，揣測青山見我也應當如此。這是因為彼此感受的情愫和容顏差不多相似啊！想起田園詩人陶潛，在東窗下喝著酒，輕抓著頭的模樣，就寫出了思念親人的〈停雲〉詩，是多麼饒富風味呀！至於江東那些醉心功名利祿的人，又怎能了解我在濁酒中領略到的精微道理呢？

賞析

「我見青山多嫵媚，料青山見我應如是」，該句應用了「轉化修辭」法中的「擬物為人」，以及「排比修辭」法。其中的「見」字饒富哲思，「我見青山多嫵媚」，以自己能欣賞青山的美，反諷才能無人重用，只有青山能賞識，所以說「料青山見我應如是」。「江左沉酣求名者，豈識濁醪妙理」，該句是諷刺當朝的官員貪圖享樂，不肯北伐中原。

範文

關懷地球

起頭技巧：實際舉例法

根據新聞報導，北極部分地區竟然破天荒出現攝氏二十二度的高溫，當地的冰帽就像酷陽下的冰淇淋，逐漸的融化，北極熊首當其衝面臨生存危機。

科學家提出警戒，北極融化的冰雪，將對人類造成強大威脅，是大自然反撲的現象。或許你會嗤之以鼻，認為北極融化這件事是天方夜譚，但是，這並非危言聳聽，而是科學家證實的地球危機。為什麼會如此呢？追究其原因，乃人類大量使用石化燃料，導致大氣中的二氧化碳濃度劇

作文撇步

以北極暖化，冰雪漸融的警訊來切入主題，非常具震撼力。「當地的冰帽就像酷陽下的冰淇淋，逐漸的融化」，這句話的喻詞「就像」連接了喻體「冰帽」、喻依「冰淇淋」，屬「譬喻修辭」法中的「明喻」。也就是說，當喻詞出現「像」、「就像」、「彷佛」、「如同」、「好似」等等，即屬「明喻」。「或許你會嗤之以鼻，認為北極融化這

球，造成全球暖化。

全球暖化的結果，致使南北極地區冰雪消融，海岸水位上升，引發極端乾旱、降水等現象，並嚴重干擾糧食生產。

地球已經向人類發出聲聲哀號，難道我們還要充耳不聞，遮眼不視嗎？不！我們應該呼籲每個人養成節約能源的好習慣，例如：平時外出多走路、騎腳踏車或搭乘大眾運輸系統，減少開車；力行節約用電；做好資源回收；還有，多栽種樹，不濫砍乏林木。唯有好好照顧地球，關懷地球，地球才能長命百歲。

你想要青山常在，綠水常流，享受「我見青山多嫵媚」的美好嗎？就從此時此刻做起，力行節約能源的生活習慣，為地球盡心力。

件事是天方夜譚，但是，這並非危言聳聽，而是科學家證實的地球危機」，該段是應用「反證」技巧，故意先提出假想的否定，再用有力的證據來反駁。「充耳不聞，遮眼不視」，「不」字隔句連續出現，為「類疊修辭」法中的「類字」。「唯有好好照顧地球，關懷地球，地球才得以長命百歲」，是應用「轉化修辭」法，將地球擬人化。

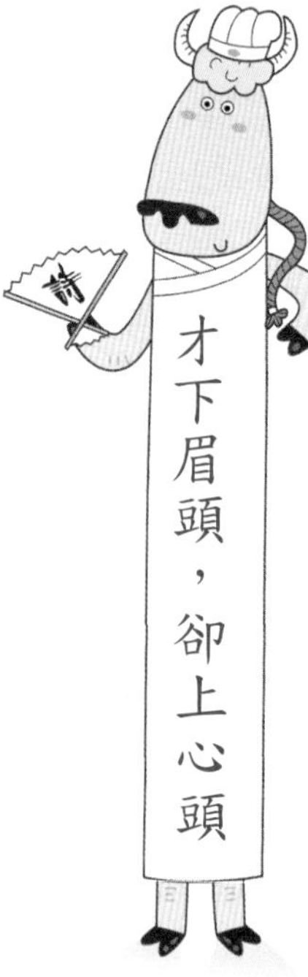

原文

紅藕[1]香殘玉簟[2]秋。
輕解羅裳，獨上蘭舟[3]。
雲中誰寄錦書[4]來？
雁字回時，月滿西樓。

花自飄零水自流。
一種相思，兩處閒愁[5]。
此情無計可消除，
才下眉頭，卻上心頭。

〈一剪梅／南宋・李清照〉

解釋

1. 紅藕：即紅蓮、紅色荷花。
2. 簟：音ㄉㄧㄢˋ，竹席。
3. 蘭舟：小船的美稱。
4. 錦書：即錦字書，前秦時有個擅寫文章的女子叫蘇蕙，因丈夫被流放，她用五色絲織成回文詩圖，寄給丈夫，表達心中綿綿的思念。相傳錦字書裡共題詩二百餘首，縱橫反覆讀之，皆成章句，詞句悽惋，令人感傷。
5. 閒愁：沒有因由的憂愁。

譯文

紅色的荷花凋謝了，只留下殘存的香氣，此時躺在竹席上便能感受到秋天的涼意。我輕輕的解下絲羅裙，獨自坐上船。天上群飛的雁兒歸來時，並沒有為人帶來書信，僅有勾人相思的月光映照著西樓。花不斷的飄落，水不斷的東流。彼此思念的兩人，卻被分隔在兩地發愁。這種愁緒實在難以排遣啊！我才剛舒展深鎖的眉頭，誰知那愁思又轉到心上了。

賞析

首句以「香殘」和「涼秋」來表露心中的孤獨和冷淒。「雁字回時，月滿西樓」一句，先給人可能有回音的期盼，再以僅有月光來暗喻音訊全無，其失望之情不言可喻。「花自飄零水自流」，流露出對往日甜蜜時光已逝的悲傷。「才下眉頭，卻上心頭」，以「下」和「上」寫出愁思難剪，愁思糾纏的哀怨。

範文

懂得分享，才能快樂

起頭技巧：魔法變身法

我的心中住著一個分享快樂的郵差，他將我的喜悅投遞給親人和好友，讓他們能興奮著我的興奮，歡喜著我的歡喜。

不過，心情郵差僅遞送快樂信件。那些會讓我「才下眉頭，卻上心頭」的煩愁信件，我每每刻意漏寫收件人的住址，寧可自己愁了心情，苦了心緒，也捨不得讓親人和好友煩惱。

想不到，這樣的舉動反而為他們帶來更大的煩惱。他們說，我憂愁的面孔、緊皺的眉頭、失神落魄的舉動，讓他們急如熱鍋上的螞蟻。原來，

作文撇步

「我的心中住著一個分享快樂的郵差，他將我的喜悅投遞給親人和好友，讓他們能興奮著我的興奮，歡喜著我的歡喜」，以上描述心中住了一個分享快樂的郵差，可以將自己的喜悅投遞給親朋好友，心本來就沒有住著人，這樣的寫法是轉變原來的性質，化成另一種不同的事物來敘述，叫「轉化修辭」法。「興奮著我的興奮，歡喜著我的喜歡」，第一

真正的分享，不是選擇性的隱藏，不是報喜不報憂，而是敞開心門，讓關心你的人，能夠分享你的快樂，也分享你的憂愁。

因為「愛」，是用「心」感「受」，要讓別人感「受」你體貼對方的「心」，也要感「受」對方關「心」你的舉動。與最親近的人分享不愉快的情緒，不是打擾，而是攜手找出問題的癥結，尋獲再前進的動力。

現在，我的心情郵差會投遞悲傷，也會投遞歡喜。悲傷時，有人陪我渡過低潮；歡喜時，有人陪我開懷大笑。透過分享，讓彼此關心的雙方都感到快樂。

個「興奮」、「歡喜」當動詞用，第二個「興奮」、「歡喜」當名詞用，是「轉品修辭」的技巧。「愁了心情，苦了心緒」，「了」字隔句連續使用，屬「類疊修辭」法中的「類字」。「憂愁的面孔、緊皺的眉頭、失神落魄的舉動」，是「排比」句。「急如熱鍋上的螞蟻」，是應用「譬喻修辭」法，把焦急的心比喻成就像在熱鍋上的螞蟻，那麼心急如焚。

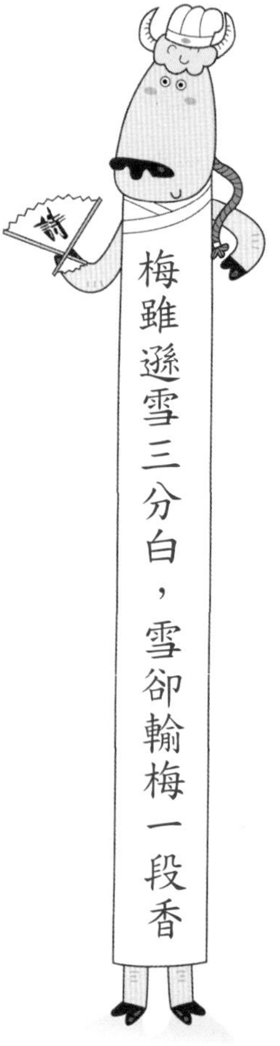

原文

梅雪爭春未肯降[1]，
騷人[2]擱[3]筆費[4]評章[5]。
梅雖遜[6]雪三分白，
雪卻輸梅一段香。

（雪梅／宋朝・盧梅坡）

解釋

1. 降：音ㄒㄧㄤˊ，屈服。
2. 騷人：即詩人。
3. 擱：放下。
4. 費：煩勞。
5. 評章：評議的文章。此指評議梅和雪的高下。
6. 遜：比不上。

賞析

梅與雪爭執誰在初春裡，是最美麗的，表面上看來，似乎各有所長，但是詩人用雪來

譯文

初春裡，粉嫩的梅花和潔白的雪花在競豔，誰也不肯讓步，詩人只好擱下筆來，為評論梅、雪的文章費心思考。兩相比較之下，梅花比不上雪花的晶瑩潔白，雪花卻少了梅花的清香。

陪襯梅，雖誇雪潔白，其實暗喻不如梅的芬芳。從另一個角度來看，若把梅與雪的爭豔比喻成人，則每個人都各有所長，也各有所短，有時是無法比較的，我們應認清自己，同時也要尊重別人。

範文

爲自己畫出一道絢麗的彩虹

起頭技巧：引述名言法

孟子說：「自暴者，不可與有言也；自棄者，不可與有為也。」意思是說要看重自己，才能得到別人的尊重與幫助；自暴自棄的人，別人想幫也幫不了。

只要看重自己，努力學習，相信每個人都能有一番成就。但是，有時我們會被挫折打敗，覺得別人比較優秀，卻忘了每個人的天賦都不一樣。

想想看，有些人擅長繪畫，有些人擅長音樂，有些人擅長運動，雖各有所長，但是，「梅雖遜雪三分白，雪卻輸梅一段香」，我們不見得

作文撇步

作文題目「為自己畫出一道絢麗的彩虹」，主旨是看重自己，不要自暴自棄，所以援引孟子的文章來印證，這樣一來，議論的力道就更強了。

「有些人擅長繪畫，有些人擅長音樂，有些人擅長運動，這段話「有些人擅長」隔句接連出現，是「類疊修辭」法中的「類字」。寫作時應用「類疊修辭」，有加強語意和貫串文意的效果。「用一步步的努

樣樣遜色呀！

天資雖然無法強求，實力卻可以培養。只要看重自己，努力不懈，自然能有所成。「龜兔賽跑」裡的兔子，天生比烏龜跑的快，然而，獲勝的卻是烏龜。為什麼？因為烏龜相信自己，用一步步的努力，換來熱烈的掌聲。

天助，才能自助，一旦自我放棄，別人即使有心想拉你一把，也是枉然。舉個例來說，不讀書的人，就算父母、師長逼他們坐在書桌前，卻無法把知識硬塞到他們的腦中，不是嗎？

沒有人是十全十美的，但是，每個人都可以在不十全十美中追求美麗的生活，只要我們用心為自己調色，就能畫出那一道絢麗的彩虹。

力，換來熱烈的掌聲」、「只要我們用心為自己調色，就能畫出那一道絢麗的彩虹」、「卻無法把知識硬塞到他們的腦中」，這三句都屬「轉化修辭」法。「每個人都可以在不十全十美中追求美麗的生活」，這句話同時出現兩種相反意義的語詞，也就是矛盾句法，為「映襯修辭」法中的「反襯」。

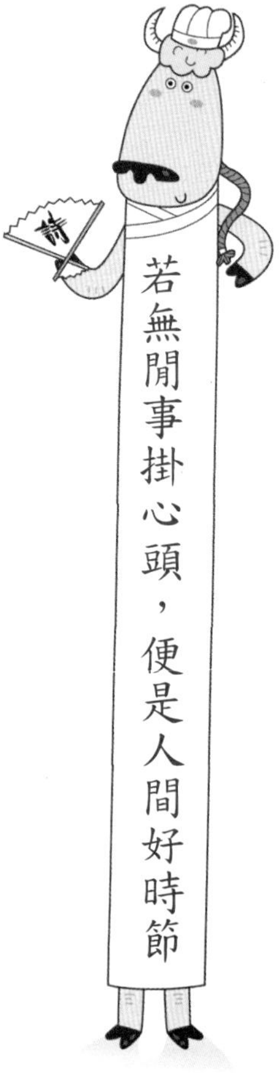

原文

春有百花秋有月，
夏有涼風冬有雪。
若無閒事[1]掛[2]心頭，
便是人間好時節。

（偈[3]／宋朝・無門慧開禪師）

解釋

1. 閒事：與自己無關的事。此指心中的掛念、執著等。
2. 掛：牽念；掛念。
3. 偈：音ㄐㄧˋ，佛經中的唱詞，以四句為一偈。

賞析

此首詩的主旨是：人有時會因太忙碌，給自己太多壓力，忽略了週遭事物的美，所以要學習放得下，放輕鬆。

「春有百花秋有月，夏有涼風

譯文

春天有盛開的百花，秋天有皎潔的明月，夏天有徐徐的涼風，冬天有飄著潔白的霜雪。假如心中沒有掛念，那就是人間最好的季節了。

冬有雪」，是「排比」句，春夏秋冬的更迭就像人的生老病死，或酸甜苦辣，只要心寬，便能感受每個階段的意義，和領悟每種歷練的智慧。何謂「好時節」？其實只要「無閒事掛心頭」。

範文

記教室外的一景

起頭技巧：驚嘆共鳴法

九重葛開花了！開花了！教室外的九重葛將天空染上了一抹抹嫣紅，嫩紅色的花苞像是穿著芭蕾舞衣的仙子，翩然的在樹枝上起舞。

你瞧！那花苞笑得多絢麗，絢麗的色彩擄住了人們的眼光，眼光裡盡是九重葛的嬌顏，九重葛的笑容，九重葛的活力。

週休放假兩天後，赫然發現教室外的九重葛開滿了嫩紅的花，有的花含羞的笑，有的花嫣然的笑，有的花燦爛的笑，在綠葉的襯托下，宛如一幅寫生畫。看著隨風輕輕搖曳的枝條，間或有

作文撇步

「嫩紅色的花苞像是穿著芭蕾舞衣的仙子，翩然的在樹枝上起舞」，屬「轉化修辭」法中的「擬物為人」。「那花苞笑得多絢麗，絢麗的色彩擄住了人們的眼光，眼光裡盡是九重葛的嬌顏，九重葛的笑容，九重葛的活力」，是「頂真」和「排比」修辭法混用。「有的花含羞的笑，有的花嫣然的笑，有的花燦爛的笑」，屬「類疊修辭」法中的「類

麻雀在其中跳躍，心情也隨之放鬆了。

下課時，我特地來到九重葛下，凝望那耀眼的嫩紅，感受那散發出來的活力，頓時覺得壓力解除了，沮喪不見了，心情變美了。我的心情有春天繁花開的美景；有夏天陽光照的熱情；有秋天月光下的溫柔；有冬天雪花飄的浪漫，真正印證了「若無閒事掛心頭，便是人間好時節」這句話。

以往，只要模擬考成績不理想，沮喪便排山倒海湧來，教我幾乎滅頂。但是，教室外那株開花的九重葛，讓我發現生命的美好，原來，只要學習放下壓力，就能夠輕鬆的舉起快樂。你說，是不是呢？

字」。「我的心情有春天繁花開的美景；有夏天陽光照的熱情；有秋天月光下的溫柔；有冬天雪花飄的浪漫」，屬「排比修辭」法中的「複句排比」。「沮喪便排山倒海湧來，教我幾乎滅頂」，上述文句把抽象的沮喪形象化，這種修辭法叫「轉化修辭」法中的「擬虛為實」。「只要學習放下壓力，就能夠輕鬆的舉起快樂」，「壓力」對比「快樂」，是應用「映襯修辭」法中的「對襯」。

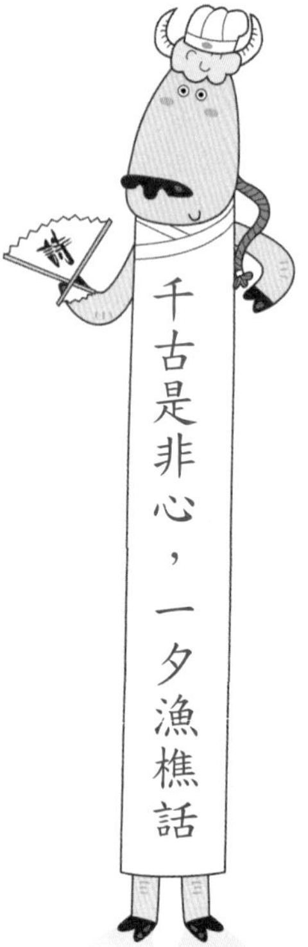

原文

忘憂草，含笑花，勸君聞早冠宜掛[1]。
那裡也[2]能言陸賈[3]，
那裡也良謀子牙[4]，
那裡也豪氣張華[5]。
千古是非心，一夕漁樵話。

（慶東原／元朝・白樸）

解釋

1. 冠宜掛：即掛冠，辭去官職。冠，音ㄍㄨㄢ，官帽。
2. 那裡也：無義，屬襯字，為了拉長語句。
3. 陸賈：西漢初期的政治家、文學家、思想家。
4. 子牙：周朝人，本姓姜，後世稱為姜太公。
5. 張華：西晉文學家、政治家，作《鷦鷯賦》。

譯文

望著忘憂草，看著含笑花，勸你趁早辭官回鄉養老吧！你看那能言善道的陸賈，足智多謀的姜子牙，以及博學多聞的張華，如今都在哪裡呢？自古至今，一切的是非或曲直，到頭來也都成了漁夫和樵夫閒聊時的話題罷了。

賞析

「忘憂草」和「含笑花」是對偶句，用來隱喻人生應追求無憂無慮的日子。「那裡也能言陸賈，那裡也良謀子牙，那裡也豪氣張華」，既是對偶句，也是排比句，是援引古人陸賈、姜子牙、張華的典故，用來表明官場不值得留戀。末句的「千古是非心，一夕漁樵話」，也是對偶句，其中，「千古」對比「一夕」，是應用「映襯修辭」法。

範文

成功之後的態度

起頭技巧：具體比喻法

成功，像日正當中，光芒四射，使人不敢逼視；成功，如登上高峰，可以居高臨下，可以睥睨萬物；成功，若食前方丈，除了可以滿足口慾，更可以吸引旁人豔羨的眼光。

然而，如同太陽的光芒再強烈，終將西沉；峰頂的景色再迷人，登山者仍得下坡；美食的滋味再垂涎三尺，享用者終將飽足。人生，亦非能時時刻刻沐浴在成功的光環裡，成功之後的態度，應該學習守成的智慧與退場的勇氣。若參不透這層道理，則將陷入自己所設下的陷阱中，至死無

作文撇步

「成功，像日正當中，光芒四射，使人不敢逼視；成功，如登上高峰，可以居高臨下，可以睥睨萬物；成功，若食前方丈，除了可以滿足口慾，更可以吸引旁人豔羨的眼光」、「如同太陽的光芒再強烈，終將西沉；峰頂的景色再迷人，登山者仍得下坡；美食的滋味再垂涎三尺，享用者終將飽足」，以上均應用「排比修辭」法。「人生，亦非能時

法掙脫。

被南宋大詩人李清照譽為「生當為人傑，死亦為鬼雄」的項羽，其成功之際，聲勢豈不若日正當中？然因不懂禮賢下士，不懂爭取民心，終至苦嘗失敗的果實；又因缺乏面對失敗的勇氣，最後自刎於烏江，徒留給世人無限慨嘆。

愈是站在成功的峰頂上，愈應咀嚼「千古是非心，一夕漁樵話」的哲理，唯有看淡利益得失，才不會被成功的光芒迷惑了眼睛，混淆了是非，暈眩了心神。

如果成功的定義，是站在人生的峰頂，那麼想攀爬上更高的峰頂，第一步便是捨得下山，才有機會欣賞另一種高山風情。你說，對不對？

時刻刻沐浴在成功的榮光裡」，將抽象的成功具象化，屬「轉化修辭」法中的「擬虛為實」，並點出成功並非永久不變的觀念。「迷惑了眼睛，混淆了是非，暈眩了心神」，上述文句中「了」隔句接連出現，屬「類疊修辭」法中的「類字」。「捨得下山」和「另一種高山風情」，是「借代修辭」法的應用，前者指放下虛名，後者指達到另一高峰。

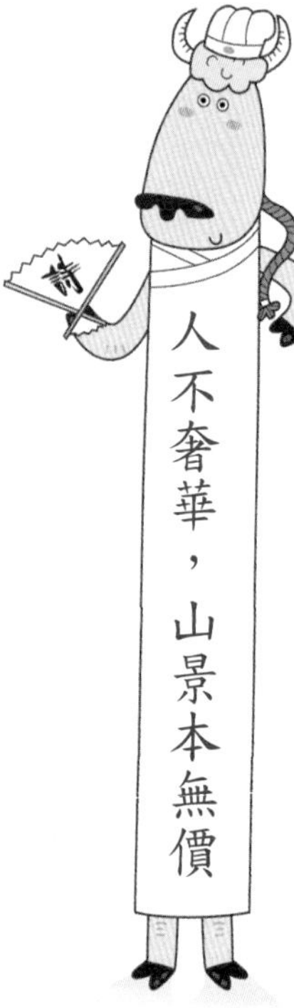

原文

四時湖水鏡無瑕[1]，
布江山[2]自然如畫。
雄宴賞，聚奢華。
人不奢華，山景本無價。

（雙調〈新水令〉／元朝・馬致遠）

解釋

1. 瑕：本指美玉上的斑點，此是以「無瑕」來形容西湖的美麗風光。
2. 布江山：把如詩如畫的山水，想成有如精心勾勒構思的山水畫，所以說是「布江山」。布：陳設；設置。

賞析

此曲以「譬喻修辭」法來描寫西湖的美景。用「鏡無瑕」來比擬西湖的美；用「如

譯文

西湖四季的景色就像無瑕疵的鏡子般完美，四周的江水山景有如大自然最美的一幅畫。聚在西湖邊賞景的富貴人家，在豪華的宴席中一邊飲酒一邊吟詩作樂。人生在世何必苦苦的追求功名富貴，西湖美景比起那些虛名浮利，更顯得珍貴，是無價珍寶啊！

畫」來比擬四周的景色。在西湖美景的襯托下，設宴飲酒吟詩，刻畫出文人的雅趣。「人不奢華，山景本無價」，把西湖之美視成奢華的極致，相較於汲汲營營的追求名利富貴，還不如徜徉在山水中。

範文

大自然巡禮

起頭技巧：直述原因法

由於同學的寫作內涵實在太「貧血」了，所以今年暑假，國文老師指定的作業是：每位同學須進行一次大自然巡禮，並且詳實記錄自己的所見所感。

剛聽到這項作業，我的直覺是——老師在整人嘛！山哪來味道？哪來觸感？用各種摹寫法描寫大自然？天呀！不是整人又是什麼呢？

雖然腦海裡有數不盡的問號，心頭也畫滿了抱怨的符號，我還是硬著頭皮，拿著學習單，到離家最近的山區進行大自然巡禮。

作文撇步

文中的「貧血」一詞是形容文章內容乏善可陳，沒有文采。「清晨的山上披著薄紗似的濃霧，置身在綠的世界，我嗅聞到空氣中淡淡的草香、感觸到手臂上微微的沁涼。薄霧籠罩下，讓山裡的綠有了濃淡相間的色彩，時起時歇的嚶嚶鳥鳴，也喚醒了人們愉悅的細胞……」，該段應用「視覺」、「味覺」、「觸覺」摹寫修辭法來描述山景，兼有清晨的山上披著薄紗似的濃霧，置身在綠的世界，我嗅聞到空氣中淡淡的草香、感觸到手臂上微微的沁涼。薄霧籠罩下，讓山裡的綠有了濃淡相間的色彩，時起時歇的嚶嚶鳥鳴，也喚醒了人們愉悅的細胞……

這一刻，我突然領會了「人不奢華，山景本無價」的意涵，原來，山的確是多采多姿，變化萬千，只不過它的美好，總在人們的輕忽下流逝了。

深深的吸了一口芬多精，我的心中有了滿滿的幸福，對國文老師的怨懟，此刻全部轉為感謝，感謝她給了我體驗大自然的機會。

我懷著愉快的心情踏上歸途，這一次的作文，絕對不會「貧血」了。

「譬喻」和「轉化」修辭法。「薄紗似的濃霧」一句，把山上瀰漫的霧比喻成披著薄紗，為「譬喻修辭」法。「時起時歇的嚶嚶鳥鳴，也喚醒了人們愉悅的細胞……」，上述文句中，說鳥鳴敲醒了人們愉悅的細胞，屬「轉化修辭」法。「對國文老師的怨懟，此時全部轉為感謝」，這二句話把相反的情緒並列比較，這種修辭法為「映襯修辭」法中的「對襯」。

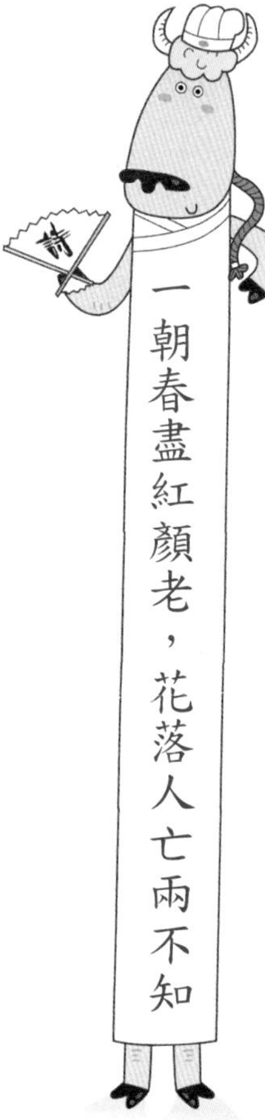

原文

爾[1]今死去儂[2]收葬[3]，未卜儂身何日喪？
儂今葬花人笑痴，他年葬儂知是誰？
試看春殘花漸落，便是紅顏[4]老死時。
一朝春盡紅顏老，花落人亡兩不知。

（紅樓夢〈葬花詩〉節錄／清朝・曹雪芹）

解釋

1. 爾：你，此處指凋零的落花。
2. 儂：這裡指我，也就是林黛玉。
3. 收葬：即埋葬，掩埋屍體。葬，音ㄗㄤˋ。
4. 紅顏：指女子豔麗的容貌。

賞析

曹雪芹描述「黛玉葬花」這一幕，具相當高的淒美藝術價值，同時也將林黛玉清高不

譯文

今日你凋零了，我埋葬你，自己卻無法預知哪一天也會葬入土中？今日我葬落花的行為，被人嘲笑是痴傻，卻不知將來埋葬我的人是誰？你看，春天將盡，花兒漸漸凋落，同樣的，也是美麗的容顏褪色的時候。等到有一天，春天走了，美麗的臉龐衰老了，那時候花落人死彼此都不知情啊！

媚俗，自憐身世的性格表露無遺。三、四句均以答案的無解，來隱喻林黛玉淒涼的心緒，沒有答案的無奈，更加深了葬花的痴情和綿綿的哀悽。末句的「花落人亡兩不知」，正是林黛玉自憐無人垂愛的寫照，其細膩和悲劇的性格可見一斑。

範文

我心目中認定的美

起頭技巧：建立疑問法

甚麼是美？辭典上解說漂亮好看的叫美；好的、善的也叫美。

至於藝術家的看法呢？雕刻大師羅丹說：「美，到處都有，對於我們的眼睛，不是缺少美，而是缺少發現。」

對！不是缺少美，而是缺少發現。想想看，每天圍繞在身邊的事物，總是被視為理所當然，從來不曾用心去體驗，不曾用心去欣賞，不曾用心去感動。以我來說吧，從來沒有發現教室四周有甚麼美的景物，直到座位被換到窗邊，才驚覺

作文撇步

文中，援引辭典和羅丹對美的詮釋，是「引用修辭」法中的「明引」，即清楚交代引用的出處。「不曾用心去體驗，不曾用心去欣賞，不曾用心去感動」，「不曾」一詞隔句出現，為「類疊修辭」法中的「類字」，凡「類字」必屬「排比」。「才驚覺窗外的九重葛編織了滿天的嫩紅，嫩紅的葉片活潑的隨風舞動，舞動出活力四射的舞步」，上述文

窗外的九重葛編織了滿天的嫩紅，嫩紅的葉片活潑的隨風舞動，舞動出活力四射的舞步，那神態像是跳著「佛朗明哥」的舞者，有一種開朗的美。

當然，每個人欣賞美的角度不同，看法也不一致，同樣是優美的文學作品，我覺得《紅樓夢》中黛玉葬花時，所唸的「一朝春盡紅顏老，花落人亡兩不知」，充滿了淒清的美；同學卻嗤之以鼻，不被那份淒美所感動。

美的定義雖然因人的見解，而有不同的解讀，但是，我深信只要是發自內心的真誠和善意，就是美，即使平凡的外表也能散發不平凡的美。

壯美、淒美、優美，不管是哪一種，美，都須要用心的去感受和挖掘。

句把九重葛擬人化，寫九重葛編織了滿天的嫩紅，葉片隨風跳舞，舞步活力四射，這種寫法叫「轉化修辭」法。「嫩紅」和「舞動」分別是上一句的句尾，也是下一句的句首，是應用「頂真修辭」法。「即使平凡的外表也能散發不平凡的美」，屬「映襯修辭」法中的「反襯」，也就是一句話同時出現兩種意義相反的語詞。

原文

浩蕩[1]離愁白日[2]斜，
吟鞭[3]東指即天涯[4]。
落紅[5]不是無情物，
化作春泥更護花[6]。

（己亥[7]雜詩／清朝・龔自珍）

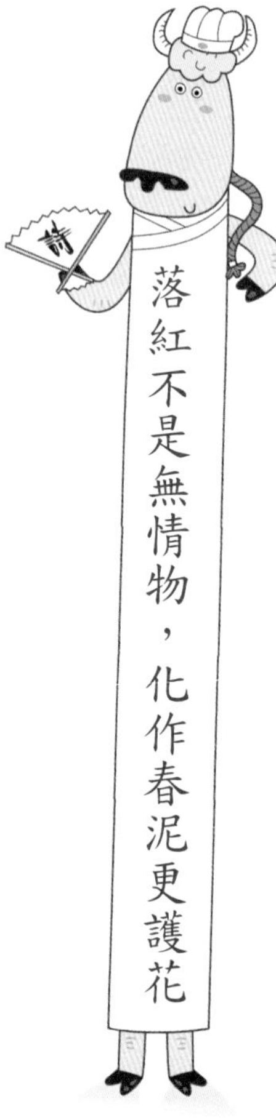

解釋

1. 浩蕩：廣博浩大貌，形容愁緒無邊無際的樣子。
2. 白日：太陽。
3. 吟鞭：馬鞭。
4. 天涯：遙遠的地方，此指詩人的家鄉。
5. 落紅：落花。此指詩人自己。
6. 護花：保衛國家、人民。花：比喻國家、人民。
7. 己亥：此指清道光十九年，西元一八三九年。

譯文

夕陽西下，天色漸漸暗了，我滿懷愁緒的離開京城，揮舞著馬鞭向東奔返遠在天涯的故鄉。我辭官回鄉，就像從枝頭上掉下來的落花，並非選擇無情的離開，而是將落花化作春泥滋養花朵般，仍然要為國家、百姓貢獻力量。

賞析

這首詩是龔自珍結束官場生涯時，抒發情感所作。以「白日斜」的暮景呼應「即天涯」的蒼茫，有一種「天涯淪落人」的感嘆。「落花」和「春泥」都是作者的自喻，意指自己離開後，仍熱愛著朝廷，願意以己之身繼續報效國家。今則常用來比喻愛情，犧牲自己以成全別人。

範文

賞油桐花有感

起頭技巧：光陰記錄法

初夏即將到來，那是賞油桐花的好時節。油桐花開滿枝頭，一樹潔白，和風輕輕柔柔的吻上花瓣，害羞的油桐花就簌簌的落了下來，嬌嫩的白花鋪滿了整條小徑，乍看之下，像是美麗的雪白地毯。輕輕拾起一朵花，小小的，明明盛開著，卻已墜落地上，讓人看了好生不捨，不捨行走其上，不捨讓這美麗的花朵，零落成泥輾作塵。

但是，轉念一想，「落紅不是無情物，化作春泥更護花」，萬物生滅，自有其規律，今年花

作文撇步

「和風輕輕柔柔的吻上花瓣，害羞的油桐花就簌簌的落了下來」，文中把和風、油桐花當成是人來看待，描述和風會輕吻花瓣、油桐花因羞怯而掉落下來，是「轉化修辭」法中的「擬物為人」。「像是美麗的雪白地毯」，為「譬喻修辭」法。「讓人看了好生不捨，不捨行走其上，不捨讓這美麗的花朵，零落成泥輾作塵」，這幾句運用了「頂

落，明年花又會盛開，「五月雪」總是準時點染山頭，不是嗎？

對我來說，這樣的美景，是默默的觀賞，用心去感受的。或許不同的人有不同的賞花態度，有的人一直喊著好美，卻又背對著花，忙著找人拍照；有的人眼中只有身旁的情人，花只是用來增添浪漫；還有些人，對花根本視而不見，只是來健行而已。

以前，我總認為他們辜負了油桐花的美，油桐花的美是用心來欣賞的，用心來欣賞的才具永恆的回憶……但是，我這不是庸人自擾嗎？因為，油桐花才不管這些，自顧自的花開、花落，展現獨特的風華……

真」、「類疊」、「引用」修辭法，「零落成泥碾作塵」是援引南宋詩人陸游的詩作。「我總認為他們辜負了油桐花的美，油桐花的美是用心來欣賞的，用心來欣賞的才具永恆的回憶……」，「油桐花的美」、「用來欣賞的」既是前一句的句尾，也是下一句的句首，這種有上遞下接趣味的修辭法叫「頂真修辭」法，也叫「頂針」、「聯珠」、「咬字」。

150詩詞曲+15修辭技巧／呂鈴雪、呂雅雯作.

－－初版.－－臺北市：五南，民100.07

面；公分

精華版

ISBN 978-957-11-6284-3 (平裝)

1.漢語　2.作文　3.寫作法

802.7　　　100007058

國家圖書館出版品預行編目資料

150詩詞曲+15修辭技巧 精華版

作　　者　呂鈴雪・呂雅雯
總 編 輯　龐君豪
執行主編　黃文瓊
封面設計　吳佳臻

出 版 者　五南圖書出版股份有限公司
發 行 人　楊榮川
地　　址：台北市大安區 106
和平東路二段三三九號四樓
電　　話：〇二—二七〇五五〇六六（代表號）
傳　　真：〇二—二七〇六六一〇〇
郵政劃撥：〇一〇六八九五—三
網　　址：http://www.wunan.com.tw
電子信箱：wunan@wunan.com.tw

顧　　問　元貞聯合法律事務所　張澤平律師

版　　刷　中華民國一〇〇年七月初版一刷

定　　價　二三〇元